飞扬

飞扬 · 青春校园记忆美文精选

写给二十年后的自己

省登宇 主编

国际文化出版公司
· 北京 ·

图书在版编目（CIP）数据

写给二十年后的自己／省登宇主编．－北京：国际文
化出版公司，2012.6（2024.5 重印）
（飞扬·青春校园记忆美文精选）
ISBN 978-7-5125-0373-1

I.①写… II.①省… III.①散文集－中国－当
代②短篇小说－小说集－中国－当代 IV.① I217.1

中国版本图书馆 CIP 数据核字（2012）第 109666 号

飞扬·青春校园记忆美文精选·写给二十年后的自己

主　　编	省登宇
责任编辑	戴　婕
统筹监制	葛宏峰　李典泰
策划编辑	何亚娟　刘露芳
美术编辑	刘洁羽　王振斌
出版发行	国际文化出版公司
经　　销	国文润华文化传媒（北京）有限责任公司
印　　刷	三河市同力彩印有限公司
开　　本	700毫米×1000毫米　　　　16开
	10.25印张　　　　　　　134千字
版　　次	2012年6月第1版
	2024年5月第2次印刷
书　　号	ISBN 978-7-5125-0373-1
定　　价	39.80元

国际文化出版公司
北京市朝阳区东土城路乙9号　　邮编：100013
总编室：（010）64270995　　传真：（010）64270995
销售热线：（010）64271187
传真：（010）84271187-800
E-mail：icpc@95777.sina.net

CONTENTS 目录

第1章

雨季不再来

那些多年之前的事情，像是不褪色的电影，像是薄雾
里他们模糊恍惚的脸

雨季不再来 ◎文/陈晨

> 一切都要过去，像那些花，那些流水。
>
> ——三毛

一

好些年过去了。在夏天即将要来临的时候，我又回到了这个南方小镇。

空气中依旧有那种潮湿的香樟树的味道。小镇的雨季依旧是在春末夏初的时候来临，天空依旧是弥漫着细小的、没完没了的冷雨。

南方小镇总是在雨季里被潮湿寒冷的雾气所包围。小镇的人们像是盒中之兽，没有谁可以在雾气中逃出来。

我知道他们困了几十年，又或许是几百年。

他们的记忆，根深蒂固在这里。永远也不会被泯灭。不会丢失。

那些多年之前的事情，像是不褪色的电影，像是薄雾里他们模糊恍惚的脸。我知道，我一直记得。

我仿佛又看见了向牧。穿着黑白条纹的短袖衬衫。站在那条两旁种满香樟树的街道的末尾。

他看见我来，摁灭手里的烟蒂，把一袋青苹果递给我，对我说，这个，给你姐。

我低着头，有些胆怯地对他说，知道了。然后，我看见他转身，双手插在口袋里，往回走去。

是小镇的傍晚，夕阳在天空上被撕裂。昏黄的阳光一点点沉落下来。我看见，那些阳光伴随着向牧的背影，消失在我的视线中。

二

那年，我十二岁。姐姐十六岁。向牧，十九岁。

似乎从很小的时候，我就知道向牧这个名字。那个时候，向牧是这个南方小镇上所有男孩子的偶像。我也不例外。很小的时候，他父母就离婚了，母亲和别人跑了，他跟了他父亲。不过，在他十二岁的那年，他父亲去了更南方的城市，把他留在这个小镇上。他从很小的时候，就开始了一个人的生活。

他开始和小镇上的不良少年混在一起。

小镇狭窄而阴暗的弄堂里，常常会发生一场斗殴。数个男孩子扭打在一起，伤口和鲜血暴露在南方潮湿的空气当中。向牧打架很厉害，他一个人对付五六个男孩不成问题。很快，他就成了那群混混的头头。

那时，我一向觉得他是威风而且英俊的。手下几十个混混任他呼之即来，挥之即去。我听到，那些令我害怕的小混混管他叫大哥，还给他递烟。

当然，向牧之所以会和我的生活联系在一起，是因为我姐姐。

向牧喜欢我的姐姐。是那种义无反顾的喜欢。

可是，姐姐却不喜欢他，甚至是讨厌他、厌恶他。

那时，我刚上初中，姐姐已经高二。每天，她都和我一起放学回家。往往是在幽深而且不透风的小弄堂里，突然窜出几个小青年，挡住我们的去路。而向牧会很潇洒地从那几个小青年背后走出来，然后，对着我姐姐笑。那种笑容邪邪的，又有点孩子气。

他就这样对着我姐姐笑。什么话也不说。

而姐姐总是飞快地拉起我的手，绕过向牧和那几个小青年。我看到她板着脸，一脸不开心的样子，甚至有些紧张和窘迫。而当我们走远的时候，我们就能听到后面传来的口哨声。姐姐总是自语道，神经病，流氓。而我，总是忍不住往后面看，我发现那几个小青年在对着姐姐吹口哨。而向牧，则是一动不动站在那里。他还是朝着姐姐微笑。

像个傻傻的孩子一样。那个时候的向牧，一点也不像打架的时候，那个时候，他威猛，冷酷。而现在，他像一个孩子。

其实，我是希望姐姐能和向牧交往的，那样我就能光明正大地和向牧混在一起了，我就能成为他们其中的一员，没有人再敢欺侮我，也没有人再敢嘲笑我了。向牧会让那群混混帮我教训那群可恶的孩子。我要像他们对待我一样对待他们。我要朝他们脸上吐口水。往他们身上扔石子。

我还要骂他们，你们才是没有父亲的孩子。

三

我是个没有父亲的孩子。

我没有父亲的概念。从小到大，我就和母亲和姐姐生活在一起。我甚至没有看到过父亲的样子。我只知道，父亲在我很小的时候，就抛下我们走了。他走到哪里去，为什么走，我都不知道。

我什么都不知道。

似乎姐姐知道父亲，她也许还记得父亲的样子。但是，她和母亲一样，不允许我在家里提到父亲，也不允许我问任何关于父亲的问题。小的时候，我甚至为了父亲在家里又哭又闹。我哭闹着说，我要见他，我还要去找他。我要让他回来，让别的孩子看看，我也是个有爸爸的孩子。

母亲忍无可忍，将手中的陶瓷碗扔到了我的头上，血顿时从头上流了下来。姐姐和母亲手忙脚乱地帮我包扎，姐姐心疼地在我耳边说，弟弟，为了他，不值得。他根本没有存在过，弟弟。

我在疼痛当中模糊地听到了姐姐的话。我不明白姐姐为什么会这样说。我感觉有液体在我的头部依附着。它的出现使我的头很疼。但我感觉到了，那种液体是冷的。冰冷的。

也许，我从小就是一个习惯寒冷的孩子。

初夏漫长的雨季，在我的眼里，是寒冷的。那种寒冷，没有任何安全感和依附。那种寒冷，给我带来了恐惧和孤独。

南方小镇的夏季来临的时候，总会有一段绵长的雨季。一连几个星期，都下着没完没了的雨。有的时候，大得吓人。有的时候，淅淅沥沥，像是没有重量。伴随着雨季，香樟树也开始掉叶子。红色而干枯的树叶伴随着风雨不断落下。在空气中，残留最后一丝潮湿的香味。

我终于知道连冬天里最骄傲的树也会苍老。以前，我一直幼稚地以为那些密密麻麻而且坚韧的叶子是永远不会枯萎的，也不会坠落。事实上，任何东西都会老去，都会离开。

都会消失。

而那些在冬天里都不坠落的叶子，却在这个南方小镇的雨季里，纷纷落了下来。

它们，是不是和我一样，已经感觉到了这个雨季的寒冷呢？

一个又一个阴雨天，我靠在窗边，看着沉闷阴郁的天空，轻轻闭上眼睛。往往就这样，睡了过去。

四

我和姐姐还是一样,过着平常的日子。姐姐读书很用功,成绩很好,老师都很喜欢她,母亲也很欣慰。而且,姐姐长得很漂亮,头发天生的乌黑和柔顺。夏天的时候,她总穿着一条白色的连衣裙,在小镇一条条狭窄的弄堂里穿梭着。这个女孩,似乎天生不属于这个狭小而俗气的小镇。

我想,也难怪向牧会如此喜欢她。

向牧开始在每天放学后等她。他依旧是穿着黑白条纹的衬衫。学生们看到靠在校门口电线杆上抽烟的向牧时,总是会发出一阵小小的骚动。不管是男生还是女生都开始议论。

——原来那个人就是向牧呢。传说中的"黑帮"老大呃。

——真是英俊。

——他喜欢三班的叶一阳呢? 就是那个美女,还是学生会主席。

——只好像叶一阳不喜欢他。

——真是痴情,每天在这里等。

学生们也只敢小声地谈论,不敢过于声张,像是怕被他盯上,看到向牧的人都快速地避开了。

而每当他看到我姐走出来的时候,都会扔掉手头的烟蒂,把手紧紧地插在牛仔裤袋子里,眼神专注地看着我姐走出来。

而姐姐,却从来不看他一眼,尽管,她知道向牧在等她。她总是提一提书包,加快步伐从向牧的身边走过去。而他,只是在我姐后面跟着,一声不吭。姐姐越走越快,时不时转过头用余光看看后面。终于,她停下了,转过身,对向牧说,你别这样跟着我行吗?

她的声音是冷漠的。

向牧只是微笑。对她说,我只是,想送你回家,怕你危险。

我一个人可以的,你不要跟着了。她说。

哦。

……

只不过，向牧依旧每天在校门口等着姐姐。他经常拎一些水果给我姐姐，有新鲜的樱桃，桃子，还有青苹果。而姐姐从来都是不收的。所以，向牧会把那些水果给我，让我带给姐姐。我常常会在街末看到他。他问我，你姐姐喜欢吃什么？

我说，青苹果吧！很小的那种。

他点点头，递给我一个黑色的袋子，又对我说，里面有一些，拿回家给你姐。

那个时候，我有些犹豫。因为，姐姐不仅一次警告过我，不要再拿向牧的东西。还让我告诉他，她不会要他的东西。

她每次说起向牧的时候，语气总是有些恶狠狠的。她对我说，以后，不要和那个流氓说话，知道吗？

以后，你可不能像他那样，多没出息。

你以后要是再拿那个流氓的东西，我就打你。

流氓——这就是姐姐对向牧的称谓。在姐姐的眼里，向牧就是一个流氓，一个令人厌恶的小混混。仅仅而已。

可我，仍旧每次接过向牧让我转交给姐姐的东西。也许，是我害怕对向牧说出姐姐让我说出的那些话。

回家路上，我拎着那一袋青苹果。想到回家，把东西给姐姐，她一定会狠狠地责怪我，我心里就担心和害怕起来。路过河边的时候，我一横心，把那袋青苹果扔到了河岸旁，然后，飞快地跑。可是，跑着跑着，心里却难过起来。

不知为什么，我又跑了回去，想去把一袋青苹果捡回来。可是，当我跑到河岸的时候，却发现，苹果早已被河水冲走了。只留下那只黑色的袋子，上面沾着河岸旁的泥土。我捡起那只黑袋子，对着那只袋子发呆。

我突然觉得心里像是被什么东西扎了一下。失去了知觉。

五

六月的某一天，我在家里写作业，姐姐在学校补课。

下午三点，姐姐急匆匆地跑回家，还没放下书包，就气喘吁吁地问我，你知道向牧在哪里吗？我去过他家了，他没在家。

我有些惊讶，疑惑地问她，你找他？

是啊，来不及了，要出事了。你知道他会去哪里吗？

看得出，姐姐十分着急。这是她从来没有过的。她在我眼前晃来晃去，白色的球鞋上还有雨水和泥渍。冥冥之中，我感觉到，一定是出什么事了。至少在姐姐看来，是大事。

我赶紧带着姐姐去小镇上的台球馆。我知道，向牧八成是在那儿。那里是混混们的聚集地。他们在那里打台球，看录像，抽烟，打扑克。我每次经过那里，都会好奇地往里面看，对我而言，里面的世界是刺激的，也是我渴望却可能永远也走不进去的世界。

天空依旧是下着小雨，我拉着姐姐的手奔跑在泥泞里。到了台球馆，我有一些犹豫，似乎是不敢进去。可姐姐果断地拉着我冲进了台球馆。

台球馆里面灯光昏暗，烟味很重。隐隐约约的，我看到几个穿着暴露的女孩依偎在几个男孩怀里。还有绿色的台球桌，地上的啤酒瓶，男孩的咒骂声。

我一眼就看到抽着烟，拿着球杆的向牧。向牧对于姐姐的突然出现十分惊讶，赶紧摁灭手里的香烟。

姐姐冲上前去，对向牧说，你去救救蔡理杰，几个人要找他麻烦，只有你能救他了，求求你了。

向牧深深吸了一口气，对姐姐说，他在哪里？我们现在就去。

蔡理杰被几个高三的男生堵在了离学校不远的一条小弄堂里。我一眼就认出了那个站在最前面，对蔡理杰做挑衅动作的男生，他是高三的老大。

那几个男生一看到向牧的出现便飞似的跑了，根本不用向牧出手。

而蔡理杰，狼狈地站在那里。他的衬衣被那几个男生撕破了一点。

姐姐冲上前去，仔细地打量着蔡理杰，然后，紧紧地抱住他，哭着说，还好你没事，吓死我了，他们说要把你打残了。还好你没事，还好你没事。

那时，我终于明白了所有的缘由。那几个高三男生带人来找蔡理杰麻烦。而我姐姐，喜欢蔡理杰。而他们来找他麻烦的原因也许正是这个。

对于蔡理杰，其实我并不很熟悉。只是常听姐姐说起。

——他是从北方的一个城市来的。说普通话特别好听。

——他是因为父母工作的原因到这里来的。

——他是学校跳高队的。

——他在元旦晚上弹吉他。

——我们班有很多女生都暗恋他。

……

我不由地看到了向牧始终冷漠的脸，他的脸上依旧是没有表情。

但我知道，他心里一定很难过。尽管他知道姐姐不喜欢他，但也不希望接受这样一个现实。

我抬起头，看着灰蒙蒙的天空，这雨季，什么时候能过去呢？

六

我忽然想起了好多关于向牧的事。

弄堂里的孩子们欺负我，骂我是没爹的孩子。向牧看见了，冲上去打那些孩子。他还对我说，你要争气，只要学习超过他们，他们就不会来欺负你了。

每个下雨天，向牧都会拿着雨伞在校门口等姐姐，他怕姐姐淋着雨。而每次看到我来接姐姐时，他只是一声不吭地离开。

我家的老房子屋顶漏水了，姐姐和母亲忙成一团都解决不了问题。向牧知道了，委托几个人很快就把屋顶修好了。

……

经过那件事情之后，姐姐对向牧的态度好了一点。但仅仅是一点。她仍然不喜欢向牧在放学的时候等她，仍然讨厌看见向牧。

但姐姐开始不太在意我和向牧讲话，甚至和他出去玩。向牧每次带我玩的时候，都要提到我姐姐，问姐姐最近是否可好，学习怎么样，大学准备考到哪里。我的心里不再有任何顾忌，都很坦诚地告诉了向牧。

小镇南边的山上有桃树。一个又一个的夏天里，他常常带我去南山坡上。我在山上摘桃子，在桃树林里奔跑。那是我难得开朗的时候，从小到大，我太过习惯郁郁寡欢的生活。而我，把向牧看成我唯一的朋友。尽管，在我看来，他对我好，是因为喜欢我姐姐。

南山下面还有一大片芦苇。

夏天的风吹过，芦苇缓慢地摇晃着，起伏不定，像是大海。

向牧会兴奋地冲进那片芦苇之中，白色的芦花顿时飘洒起来，散落在天空中。

我听到向牧在里面对我说，知道吗，其实有些东西，是注定落空的。而有些喜欢，其实也会变成习惯。尽管，这对于一个人来说，是一场劫难。

他还说，其实，他早就知道姐姐喜欢蔡理杰，那几个男生也是他派去找蔡理杰麻烦的。但之后，却发现自己很傻。他说，注定不是自己的东西，也许不管怎么样都无法得到。人的感情更是如此。

七

生命是一场寂寥的马戏，我们孤独地表演着自己。

生命是一场寂寥的马戏，我们戴着面具欺骗自己。

八

我和姐姐离开这个南方小镇是在我十四岁的夏天。

而蔡理杰在高考的三个月前，回到北方。他要在那里考大学。也许，他永远也不可能回到这个南方小镇了。

那年的夏季即将到来的时候，照例是下起了寒冷的雨，似乎就要开始绵长的雨季。可是，雨下了两天就停了，之后的天气始终是艳阳高照。当小镇的人们感到欣喜和意外的时候，殊不知，一场灾难也要来临了。

六月四日的夜晚，我们家住的那条弄堂里失了火。

是邻居家的电线老化所造成的。其实，刚开始火势并不大，但是，由于弄堂里都是木结构的老房子。火势蔓延得很快。弄堂里的居民都被这一场突如其来的大火所吓呆了。人们惊慌失措地逃出了弄堂。

那天晚上，我和往常一样，睡得很熟。在蒙胧中，我闻到了烟味和母亲的叫喊声。我迷迷糊糊地苏醒过来，却闻到满屋子的烟味。母亲狠狠地拍着我房间的门，边喊边踢着。慌乱之中，我赶紧下床。

开了门之后，母亲一把抓住我的手就拉我往外跑。

等我们到了安全的地方的时候，火势已经很大了。我隐隐约约听到有人哭了。弄堂里的人们所住的几十年的房子就要毁于一旦了。而这场火对很多人的损失也不可谓不大。

混乱当中，我突然想起了什么。

我顿时感觉两腿发软，颤抖着对母亲说，姐姐……姐姐……还在里面。

母亲听了惊叫起来，原来，她以为姐姐早就跑了出来。她发疯似的要往里面冲。我和邻居死死地拉住她。可是，母亲还是歇斯底里地叫着姐姐的名字。

这个时候，我模糊地看到了一个身影。

他身材高大，穿着黑色条纹的衬衫。

我看到那个身影冲进了火场。旁边有人想去拉住他，有人尖叫了起来。

我知道那个身影是谁。

顿时，不知道有什么东西在我脑中爆炸。我的眼前一片黑暗。

九

那场突如其来的大火像是一场噩梦，很多人被这场噩梦击倒了。所幸的是，没有谁在大火中离开。

姐姐最终被向牧救了出来。她只有轻度的烧伤。而向牧，烧伤严重，被诊定为二级伤残。

弄堂里的人们开始搬迁。有的住到小镇的另一个角落去。而我们一家，要离开这里，去姐姐读大学的那个北方城市。那个城市的夏天，不会再有漫长的雨季。

我只知道，这场大火没有让我取暖。反而，让我感到更加寒冷。这种寒冷，令我不知所措。

离开的前一天，我和姐姐去医院看望向牧。

已经是深夏，天气炎热，阳光猛烈。我和姐姐买了很多百合。姐姐说，要把这些花插在花瓶里，放在他的病房里，这样，他的伤就会很快好起来。

向牧对姐姐和我的到来感到非常高兴。他像是没事似的，热情地帮我们削苹果，和我们聊天。

我看到他身上依然缠着绷带。可见，伤势很严重。

姐姐和他说了好多话，看得出，向牧很开心。但是，我却很难过，为什么，为什么要等一个人遍体鳞伤的时候，你才会懂得去怜惜他，去理解他。或者，仅仅是接受他。

向牧对我们说，其实，那没什么，不管是谁，他都会冲进去把她救出来。

他说，其实，他知道自己配不上姐姐，姐姐是大学生，是有未来的人。而他，则是个小混混，是个没有前途的人。他们的生活不一样。

他还嘱咐我，要我好好读书，以后像姐姐一样，考个好大学，将来就一定会有出路的，不要像他一样。

直到快要离开的时候，我们才告诉他，我们要离开这个小镇了。去一个遥远的北方城市。

向牧的神情很坦然。他像是预知到了这一切。只不过，他问姐姐，一阳，你能每年来看我一次吗？

我看到姐姐湿润着眼睛，点着头，对他说，会的，会的。

可是，姐姐没有实现她的诺言。

在大学里，她很快有了男朋友。男友是优秀的研究生，前途光明，对母亲也很好。母亲希望姐姐和他结婚，能有一个像样的家。姐姐和母亲似乎忘了那个南方小镇，她们从未再提过那里，也从未提起过向牧。或许，她们一直在经历着遗忘。

我也上了北方的高中。时间一枪一枪地打在了我身上，我渐渐长大了。

而那一个个寒冷的雨季，终将会过去。我们，也终将会看到温暖的阳光。

十

　　我长久地凝望着南方潮湿的天空。我似乎又看到了有香樟树的叶子哗啦啦地掉了下来。似乎又想起了那一个个寒冷而延绵的雨季。想起了，那件在大火里被烧毁的黑白条纹衬衫。

　　向牧，你依旧在这里吗？

作者简介
FEIYANG

　　陈晨，5月22日生于杭州。作品曾发表在《最小说》《布老虎青春文学》等杂志。(第十届新概念作文大赛一等奖)

美好短裙物语 ◎文/金子棋

　　开始指向结局，遇见承载告别，盛开注定垂败。可是当你从无边遥远的彼岸闯入我浅薄的生命之中，一切黑白都颠倒错位，一切真理都成为妄言。

　　我的年轻而又渺小的爱情，随着裙摆飞扬起来的缝隙，变得充盈，变得美满。当年华垂垂老去，我依然停留在这里，等你前来。如同夏洛等待飞虫，彭彭等待丁满，睡美人等待亲吻，小王子等待落日。我等待你的前来。

—

　　刘恋光着脚坐在床沿，白棉布睡裙趿拉到膝盖，蓬松的被褥包裹住纤弱的身体。她用手背揉着眼睛，努力回想方才逃离的梦境。

　　是大片闪烁的金色随着微风缓缓下坠的场景，那种金色比阳光更明媚，比沙滩更细腻。仔细闻嗅有诱人的甜蜜香味。透过那片金色，刘恋感受到前所未有的温暖。

　　"是你晚上空调开太大的关系吧。"当刘恋把那个梦境说给同桌听时，那个平时嗓门很大、运动神经一流的女金刚果断地下了这样的结论。

　　"就知道不应该告诉她。"刘恋在心里兀自悔恨。

　　"瞎想什么呢？"女金刚边说边拉起女生的胳膊，"走啦，去看迷你裙打篮球。"女金刚不容分说。

"迷你裙"的原作者其实是刘恋。

夏天的时候刘恋穿着新买的短裙去参加暑假里没人性没异性（这条纯属班里没有帅哥，所以刘恋在心里悄悄加上的）补习班。

那天下午，刘恋刚在座位上坐定就有一个头发短短、拿着可乐的男生向她走来，似乎是要坐她身后的空位。

刘恋翻着眼皮偷偷地瞄了一眼。在她模糊的视线里男生有着干净的轮廓和好看的嘴唇，睫毛似乎很长，密密地排满眼睑。刘恋端详着，心里暗暗把对方归为美少年的行列。她摆弄着裙摆，心想今天穿着它真是幸运啊。然而在那个"真是幸运啊"的"啊"还没来得及拖够一拍，刘恋就感觉到眼前的黑影一个踉跄撞翻桌椅，随之而来的还有大腿上肆意蔓延的冰凉液体。

刘恋低下头，大半条裙子被浸泡在名为可口可乐或是百事可乐的深咖啡色的液体里。那条嫩黄的、裙摆上绣着一排四叶草的轻薄短裙瞬间变成了一条抹布。刘恋顶着满头黑线忍住要尖叫出声的冲动，强装出一副有见识的淑女样。毕竟对方是个不折不扣的美少年。

当女生正满脑子美少年美少年的时候，美少年本尊露出愧疚又歉意的表情，使得他美好的面容笼上一层柔和的光。他从口袋里摸出一包纸巾，一边像复读机一样说着"对不起对不起对不起"，一边伸手帮刘恋擦那些已经寄住在她大腿上的液体。

刘恋在他这个不知所谓的动作里瞬间石化了。在愣了 N 秒之后刘恋终于爆发出一阵积蓄已久的尖叫 or 惨叫，整个教室顿时鸦雀无声。刘恋红着一张脸给了那位美少年终极一脚，然后头也不回地就冲出教室。

那是刚升上高中的夏天，刘恋在那一整片蔓延不绝的燥热里穿着她无比美好的短裙，在那日光充盈的年少时光中遇见了一位无比轻快的脱线美少年。那时，她并不会知道未来的他会给自己带来怎样无法磨灭的感动。

高中报到的第一天，刘恋正鼓足勇气想和身边的女生打声招呼（事实证明她这个决定多么的没有前瞻性……），她刚想说话，就被一阵此起彼伏的啧啧赞叹把组织好的语句给憋了回去。

刘恋抬起头，从门口进来了一个穿浅色 T-shirt 和深色牛仔裤的清瘦男生。她眯起眼睛用她模糊的视力努力辨认那个浅白色的轮廓。

随着他一步步地靠近，他那张线条分明的英俊脸庞逐渐突现。狭长的眼睛，好看的嘴唇，长长的睫毛，密密的排满眼睑……哎，会不会太眼熟了一点。

那位美少年适时在刘恋面前停了下来，他张大漂亮的眼睛，长睫毛扑闪扑闪的，"你是上次……"说到后半句时他不好意思地挠起头来。

刘恋瞬间记起了那个比原子弹爆炸还要可怕的画面。是谁把世界叠得比小手帕还要小？为什么偏偏会出现在同一所学校同一间教室。上帝不公，圣母不公，菩萨不公，玉皇大帝不公，土地公公也不公！

哎，他不是要坐在我后面啊？不要啊，那我以后不是不能回头了嘛……

"嘿，迷你裙小姐。"万恶的魔爪（这是刘恋小同学秀豆的小脑瓜里不当的用词……）拍了拍刘恋的肩膀，"我叫夏然。"

刘恋同学呼拉一下跑出了教室，就和第一次见面的时候一样。夏然不动声色坐在位子上看着女生逐渐远去的身影，嘴角泛上甜蜜的笑容。

躲在教室外的女生在心里暗下决心，一定一定不要去理睬那个"人面兽心""衣冠楚楚"的家伙。可能她自己也不知道这究竟是出于厌恶，还是其他的别样的情感……

可惜夏然不是神明，听不见刘恋心里的祷告。他每天都主动和她问好，和他 say goodbye。甚至在体育课下课的时候为刘恋买饮料，后来夏然发现刘恋从来不喝带气的饮料就改买奶茶或者甜筒。他几乎每一天都要和她说一句对不起。有的时候是郑重其事的，"刘恋，那天的事真的很对不起。"有的时候是莫名而又诡异的，突然出现在刘恋面前，满眼忧伤地轻叹一句，"对不起。"有的时候是撒娇耍赖的，嘟着嘴瞪圆眼睛缠着刘恋，"你就原谅我嘛，好不好？"就这样整整持续了一个礼拜，刘恋这台耗油的灯终于忍不住了。她对着跳到她面前准备挡她回家之路的男生嚷道："原谅你，可以。你明天穿迷你裙来给我认错吧。"

说完刘恋潇洒地甩头，转身，走人。留下在原地不知所措的男生。夕阳拓下他长长的影子，被树阴遮掉的那一部分是名为伤心的缺口。

刘恋也许永远也不会知道，那时男生在心里许下的诺言是出于多么柔软而又单纯的感情。她也许永远也不会知道，那时在男生心里随手栽种下的无花果树会开出奇迹般的花朵。她也许永远也不会知道，那时在男生心里下起的倾盆大雨，是那么浩大那么来势汹汹，不是出于羞愧，只是因为伤心。伤心，就是在装满爱的玻璃箱上刮出一道裂痕。

漫漫长夜，夏然不断感受着那道裂痕隐隐的疼痛，他辗转难眠。可是当第二天明媚的阳光照射在他眼睛里时他还是温柔地微笑起来。他望着镜子里的自己和姐姐的短裙组合在一起的古怪搭配，他深吸一口气，再深吸一口气。

"好吧，就这一次。"他打开门迎接川流不息的人群的注目礼。

当刘恋在操场上看到把格子短裙穿在校裤外面的夏然时，她差点失去意志当场昏厥过去。

全校的女生 and 男生都把视线粘在夏然身上，拔不下来。可是夏然像是没有察觉似的，他带着剔透的微笑向刘恋款款走去。

他在目瞪口呆的女生面前停下来，随意地微笑随意地说："早。"

"……早。"刘恋结结巴巴地应道。

他弯下腰，露出身后一片讶意的人群。阳光肆无忌惮地穿越视野，云朵很轻很薄地依附着粉蓝色的天空。早起的鸽子在头顶成群飞过，树木葱郁得要滴出水来，墙角边摇曳的蔷薇绚烂盛开。刘恋望着男生逐渐收紧的白衬衫，她张了张嘴却说不出一句话。

"对不起。"鞠着躬的男生轻声说："原谅我，好吗？"

过了很久，刘恋都没有出声。夏然不解地抬起身来却看见一脸甜美微笑的刘恋，是那种明亮得让他分辨不出光线的来源的笑容。

刘恋说："你耍赖哦。"

她指了指他裙摆底下深蓝色校裤。

被指尖划过的地方，是他们的青春里最美的风景。

那天以后男生的名字就从好端端的"夏然"变成没有所谓的"迷你裙"。最后就逐渐被别人简化成了"小米"，连走字底都省了。可是刘恋还是规规矩矩地叫他夏然。她解释说是因为觉得他的名字很好听，不是因为不忍心。

所有的悲伤都无法入侵我们在青春里的爱情，无论你怎样反复叫嚣，悲伤于你也只是夏虫语冰，春蚕语雨。

我们的爱情刚刚睁开眼睛。

二

"迷你裙，快传快传！"女金刚转眼变身热血"少年"。

刘恋在一边无力，"喂，你可不可以不要叫他'迷你裙'？"

"小米，上篮，快啊！"女金刚听话地改了称谓，可还是不怎么合刘恋的心意。算啦，女金刚就是这个样子。

就像去年冬天的圣诞夜，在圣诞 Party 开完之后，刘恋发现自己的钱包不见了，结果居然是被女金刚这个马虎鬼给误拿回了家。她们在礼品店买了同一种款式的钱包。

Party 开完以后，天空已披上墨蓝的丝绒。刘恋从教室里走出来，她回头最后望了一眼灯光已逐渐稀疏起来的教学大楼。想起方才一群少男少女在喧闹的教室里又唱又闹的场景，她想起当她唱歌时每个人都忽然安静下来的表情，她想起坐在窗边的夏然那笑容洋溢的模样，她不自觉地微笑起来。

刘恋跺了跺脚，想把裙摆再往下拉一点，然而这么做根本就是白费力气，"迷你裙"那个"迷你"的前缀不是盖的。

"没办法啦，表演需要嘛。"刘恋自嘲道。

然而当她走到公交车站，翻遍全身都找不到自己的钱包的时候，她就自嘲不起来了。这么冷的天，走回家的话至少要一个小时。刘恋觉得如果她能穿着迷你裙在冰天雪地里走一个小时还没有被冻死那她就直接去申报吉尼斯纪录算了。

当刘恋快要没骨气地哭出来的时候，她终于在大门口看见了这个圣诞夜的第一个惊喜。

她看见夏然独自推着单车慢慢走出学校，他高瘦的身影被夜色染成深邃的墨蓝。刘恋朝向仿佛穿着水墨画行走在夜色里的夏然奔去。

"夏然——"是女生拖长节拍气喘吁吁的叫喊。

男生回过头，原本一脸漠然失落的表情。可是当他注意到那是刘恋的时候，他的眉眼似乎缓缓舒展开来。在夜色里，云雾浓密得足以遮蔽光线，刘恋不知道那是不是错觉。

"怎么啦？"是男生温柔的问句。

"嗯……"可是到了跟前女生又说不出"请你借我两块钱"的古怪问句。女生犹豫再三，最后脱口而出的竟是："你能不能送我回家？"

"哎？"男生措手不及。

刘恋看着夏然好玩的表情，一下子笑出声来。

"骑单车吗？"夏然指着他的坐骑问。

"不，是开宝马。"刘恋笑着说。

他看着她，仿佛很长也很短，他说："你搞错啦，这辆是劳斯劳斯幻影。"

夜色里，刘恋跳上夏然的后座。夏然回过头来看到刘恋被冻红的膝盖。他脱下浅灰的长围巾递给刘恋。

"盖一盖也好。"他指着刘恋的膝盖。

女生低下微红的脸。用浅灰的长围巾一圈一圈裹住裸露在外的皮肤，裹住寒冷，裹住冬天，裹住年少而又淡薄的青春年华。

她说："Merry Christmas。"

很轻很短可是还是传到了男生的耳朵里。

他没有回答，却漫上大雾一般的表情。

在这座被魔法点亮的繁华之都。星星已经在大气污染的强力攻势下消失踪迹。

那一夜也是如此，抬起头只有浓重的黑暗和孤独的月轮。

"今天那首歌叫什么？"夏然一手把住龙头，微微侧过脸问。

"《星空》，是根据克莱德曼的钢琴曲改编的。"说完刘恋又补充道，"可是在这里永远看不见了，满天繁星的景象。"

"月亮会不会觉得孤独呢？"

"刘恋……"

"嗯？"

"其实这里的月亮不孤独。"夏然停下车，指着远处阑珊的霓虹灯火，"这里有整个城市通明的灯火陪它度过长夜。"

"还有……"在夏然话音未落之际，一簇通红的烟火窜上他们头顶上方的天空，伴随着轰鸣的声响绚烂炸开旖旎盛放。像是一朵开在银河里的娇艳玫瑰，不带一丝悔恨地绽开，销毁，灭亡。更为繁盛的夜之花朵升上高空，每一朵都用尽短暂生命里所有的美好纵情盛放。这是用花朵点缀的灿烂星空。

他们站在盛装的夜色里，站在未知的爱情里，站在扶摇而上的青春里，屏息静气，驻足聆听，听彼此蓬勃的心跳，有没有一声透露出爱的讯号。

在烟火落幕的时候，夏然从包里掏出一个纸袋递给刘恋。

红色的纸袋里是一条质地轻薄的短裙，流泻的月光照亮它粉嫩的颜色和裙摆上一排四叶草的花边。

刘恋不可抑制地微笑起来，那个笑容足以照亮浓雾弥漫的黑夜。

夏然看着刘恋，躬下身子，亲吻了她的额头。

我们永远也不知道这个奇妙的世界下一秒会发生什么，因为我们年轻，或许是我们过于自信，把所有初露端倪的美好都挂上幸福终点的门牌号。

可是大多数时候是我们过于天真。

我们的爱情掉进一颗小沙粒。

三

在那个被魔法师偷袭的夜晚之后。刘恋似乎很少再有机会看见闲下来的夏然。夏然总是一下课就消失得无影无踪。有的时候是去体育馆打篮球，有的时候是去老师办公室请教作业。夏然让自己变得很忙，忙到都不再和刘恋聊天了。他们之间的对话仅限于某某题怎么做，或者今天作业有哪些之类再平淡不过的句子。然而即使是这样毫无营养的对话夏然也要把它压缩在三句之内。

刘恋觉得夏然在躲她。

"小刘恋啊——"女金刚揉着刘恋的脑袋鬼吼鬼叫，"快要情人节了哎。"

"那又怎样？"刘恋挣扎着想要挣脱女金刚的怀抱。

"你和小米就好了，这么受欢迎肯定能收到很多巧克力。"女金刚露出一副无限向往的神情，嘴里念念叨叨："巧克力啊巧克力……"

"好啦，到时候我把巧克力分你一半。"

"真的吗？"女金刚捧住刘恋的脸蛋揉来揉去，"刘恋，好人有好报。愿你情人节告白成功。"

"啊？"

女金刚眯起眼睛，一脸兔斯基的坏笑跑开了。

笨蛋刘恋听进了女金刚的话。

她开始在上网的时候查询关于制作巧克力的配方，在看杂志的时候研究礼品袋的包扎方式。她买来原料反复实践，半成品属于金刚，失败品归垃圾箱。她去礼品店挑各种各样的包装纸。粉红色很甜蜜，透明的也不错，白色好了，白色象征纯洁的爱情。然而在反复犹豫反复考虑之后，刘恋选了耀眼的金色。

和阳光般的夏然如出一辙的颜色。

2 月 14 背上银边翅膀和爱情神箭降临人间，刘恋一大早就给夏然发去短信："下午在喷泉广场还你 Tori Amos 的碟。"这条不足 13 个字节的短信刘恋翻来覆去至少编辑了整整一个小时才发送出去。刘恋看着那封飞来飞去的小信笺显示出发送成功的字样，稍稍安下心。可是下一秒她又紧张地把手机攒在手心，直到有一条新信息飞进手机。

"抱歉，我现在没空。"发件人那一栏写着夏然。

女生一下子有了气，她也不知道她这是怎么了。她劈劈啪啪地打过去"下午一点，不管你来不来，我都会等你。"可是刚发送出去她就后悔了，不，不是后悔而是深恶痛绝。

冲动是魔鬼！可是事到如今只有硬着头皮打这场仗了。"不听到'集结号'决不回去。"刘恋一边下定决心，一边握紧拳头摆出革命烈士的Pose。

一点，喷泉边走来了一个穿嫩黄色四叶草短裙的长发少女，手里捧着一个大红蝴蝶结的金盒子，眼睛清澈得像是塞纳河的湖水。

一点半，少女不安地走来走去。

两点，少女翻开手机盖开始打电话。

两点半，手机似乎不听她的话。

三点，塞纳河的湖水泛滥成灾。

四点，人群往来，变换来去，塞纳河却成了喷泉边凝固的风景。

四点半，一个拿气球的小女孩走过来碰碰塞纳河的湖水，并对她微笑，送她蓝色的气球。

五点，天光昏暗，天空被塞纳河感动得痛哭流涕。

五点半，无处可躲的少女在磅礴的泪雨里浑身湿透。

五点五十五分零六秒，少女等待的王子终于在一把花伞的陪伴下到来。

只是一瞬间，夏然朝刘恋飞奔过去。

"对不起。"夏然把女生拥进伞底。就像第一次见到她时，他反复地说着对不起，然后从口袋里掏出纸巾帮她擦掉已经分辨不清究竟是雨水还是泪水的液体。

"不用了"，刘恋虚弱地对着夏然浅笑，"你来了，就好啦。"

"干吗这么笨不去躲雨？"

"这里只有喷泉……"刘恋顿了顿又说，"我怕你来了找不到我。"

可是我一直都在这里啊，一直都在远处看着你。看你的眼泪滴在石板上，我的心也像是被砸出了深深浅浅的坑洞。

"给你。"刘恋举起手里已经是湿成一片的盒子。"刘恋特制情人节巧克力。"

倾城的大雨是顽皮的丘比特送给刘恋的礼物。

一份有残缺的礼物。

时间倒转，回到那个被魔法师施了咒语的圣诞夜。

圣诞 Party 狂欢后夏然接到了家里来的电话，"下个月和妈妈一起回厦门。"手机里是妈妈生硬的命令。夏然不知道该怎么回应，他本来并不对这个冰冷的混凝土城市抱有丝毫好感。可是在这座城市里居住着一个美好得让他不忍离去的少女，所以他对妈妈说："我现在不能走。"

"那你什么时候能走？"

"……"

"就这学期结束吧。"夏然的母亲不容分说。

时间回过头，节日完满落幕的第二天，夏然拎着行李最后无限留恋地端详了这个城市一眼。他说："再见，刘恋。"

十分钟后飞机起飞，在同一个瞬间名叫刘恋的少女踏进机场，她抓着手机，暗淡的屏幕上有一行模糊的文字，仔细辨识是："我要走了，对不起，我喜欢你。"

对不起，我喜欢你。

原来是喜欢，不是爱，所以才可以这么轻易地离开。刘恋流着眼泪在喧闹的机场悲伤地想。

突然刘恋觉得有人在拉她的裙摆，她兴高采烈地回过头，却发现一个矮了一截的"夏然"。是一个陌生的小男孩，有和夏然一样剔透的神情和浓密的睫毛。

"那——"他举过一盒子给刘恋，"刚刚有个哥哥叫我给你。"

"他在哪里？"

"他走了，他叫我认你的短裙。"

刘恋用手背擦了擦眼泪，勉强地对那个小男孩微笑了一下。她打开盒子，那是她送的盒子，有一股清香溢了出来。是一朵粉色的玫瑰，上面附了小纸条是夏然熟悉的字迹："情人节的回礼。"除此以外还有一架架金色的纸飞机。刘恋认出来那是她包扎巧克力用的锡纸。

玫瑰的芬芳溢满整个机场，那是名叫爱情的香味。

刘恋抱着盒子哭了起来。

这不是一个无疾而终的少年情事。这个故事叫《美好短裙物语》。
美好短裙物语，一路美好到底。

无数盏年华之灯被点亮，刘恋已从当时那个一头披肩直发的清纯少女变成了会化精致的妆容、穿十厘米的高跟鞋的女人。唯一没变的是她爱穿迷你裙的习惯。

这是多年后的圣诞节，刘恋带着那盒纸飞机回了母校。

她和每一个当年教她的老师亲切问好，甚至和门口保安也问候了两句。

他们说，"刘恋你变漂亮啦。"他们说，"刘恋已经是个大姑娘啦。"他们说，"有没有找到合适的对象啊？"他们说，"当年你的英语成绩是全校最好的。"他们说到了一切，却没有说到夏然。

那个对你来说曾经是一切的少年。

刘恋来到那年储存了他们所有美好回忆的教室。她摸了摸重新粉刷过的墙壁，他们当初在墙上留下的只言片语早已没了踪迹。

她还记得她曾用淡淡的荧光笔在上面留下"XR，喜欢你。"

他也许从未辨识出来……

刘恋打开盒子，她站在阳台边，望着冬日里耀眼的阳光，浅浅地微笑着。

她翻了翻手腕，盒子里的纸飞机顷刻间飞舞盘旋。它们汇成一条金色河流，随着微风缓缓下坠，那种金色比阳光更明媚，比沙滩更细腻。仔细闻嗅有诱人的甜蜜香味。透过那片金色，刘恋似乎看见了一双熟悉的眼睛。

"走光了，迷你裙小姐。"楼下是和她一起长大了的夏然英俊的笑颜。

我终于等到了你。

作者简介
FEIYANG

金子棋，1989年生，是与双子速配的天秤座。喜欢的作家有泰戈尔、杜拉斯、顾城、郭小四。喜欢J家美少年，并有轻微正太控。（第十届新概念作文大赛一等奖）

丢失了梦的清晨 ◎文/徐筱雅

　　有一段时间里，他常常收到外观类似的信件。信封是浅色的，在制造的时候就刻意地带上一些交错的纹路。他很怀疑，这样的信封是否符合邮局的规格。然而，这些信件还是穿山越岭地到达了他的手中。他有一种无法说明的预感。他觉得，这样的信件在一段时间内会持续下去。所以，从第一封信开始，他一直没有拆开。虽然信件上没有写寄信人的地址和姓名。他知道寄信的人是故意的。但是，他有预感，在最后一封信的时候，信件的主人会揭开自己的身份。他耐心地等待着。

　　他预料得没有错。信件按照固定的周期，每个月的十三号准时被送到他的手中。十三号，对于他来说，或者对于寄信人来说，究竟是什么日子？他想不起来。他猜想，寄信人应该是一位女性。他从信封上闻到一股带有女性身上特有的温暖的香味。这样的香味使他有一种微醺的麻醉感。当躺在摇椅上的时候，他把信捏在手里，将手放在自己胸前。他仿佛听见了一种来自遥远地方的空洞的心跳声。这样的心跳声使得他的脸蓦地红了，他感觉整个脑袋都充起血来，温度一下子上升了。

　　一共寄来了十二封信。十二封，从八月份开始的，又到八月份结束。一个周期。他感觉这个周期有些特殊，似乎要告诉他些什么。很遗憾的是，他始终无法想起这个周期和他，以及那个还未知道的寄信人有着怎样的联系。八月份一过，再也没有人通知他去领取这样一封带着温柔味道的信件，他等着，一直过了九月、十月，也再没音讯。他知道，是时候去揭开那个寄信人的身份了。或者，寄信人也在等待着被揭晓。

他把信按照月份依次排好，然后依次撕开封口。

　　亲爱的：
　　　　我不知道是否还能这样称呼你。或许你已经忘了我的存在了。一想到这个的时候，我感觉很不甘心，或者说，心里有一种强烈的挫败感。这样的挫败感使我快哭了。你是讨厌我哭的。可是，现在你在离我数千公里的地方，我很庆幸你看不到。
　　　　你应该理解我，产生这样的感觉是作为一个女人所注定会有的情感。我不知道你是不是会在心里突然间滑过一丝幸灾乐祸的感觉。如果我是你，我想我会这样的。而且，如果我是你，我可能会很快猜出来对方是谁，并且得到确认。但是，在确认以后，所有的信件对于我来说，都会变成一叠废纸。我不知道你是否已经猜出了我是谁。我希望你不要因为我的身份而拒绝阅读我的信件。我希望你能够把它当成一个故事，或者一部电影。这是一部由我们领衔主演的电影，在电影结束的时候，人们会记住我们的名字。
　　　　我离开你有多久的时间，我自己也快不记得了。时间只是一个客观的标志，它虽然客观，但是并没有强求我记住它。所以，我在不知不觉中度过了许多个日夜。也许，从我决意离开的时候，一个属于我的，主观的时钟已经停止了走动。即使看到时间在继续前进，我也没有勇气与它们进行对照。你的影子，在这一段模糊的时间中并没有被磨灭。它就像抽血过后没有被按好的针口一样，在我的脑海里留下了一片瘀青。每当我看到它，我心里的沉重就会加深一分。这样沉重的感觉使我常常感觉透不过气。

事实上，我常常感觉透不过气。因为我必须时刻保持一个理性的自我，让它和另一个充满欲望的自我进行斗争。我是分离的，而这两个自我，在面对着不同情况的时候，通常是欲望先占上风，然后又被理性所击败。理性克制了我所有的欲望，让我在欲望中渐渐变得淡漠。所以，我没有给你打过电话。

可是现在我开始给你写信了。这是一件非做不可的事。你知道，它是我心中两个分裂的自我达到一致后所得到的答案。直到最后，你会知道我给你写信的原因。我不能现在立即就告诉你我写信的原因，因为这个原因看起来像是在讨人可怜。我不需要任何的可怜，即使那个人是你。

隔了这么长的时间，我有很多话想要对你说。你知道的，这么长的时间里，我一直用理性克制着要给你打电话的欲望。于是，话语一天一天地堆积下来，形成一座沉重的小山。它们是统一的。现在让我从哪里开始说起呢？我不能从山的一角将某一部分抽出来，这样这座积攒已久的山必然会崩塌，它的碎片落下来，我就在底下被淹没了。

8 月 13 日

亲爱的：

我常常猜想你的生活状况，有时候我感到这是一种乐趣，而更多的时候这是一种痛苦。其实人类也是一种很愚蠢的动物，她明明知道这样做会带来伤痛，但是她仍然愿意不厌其烦地去尝试。我更多地想到的，是你的感情生活。你的感情生活是否圆满，一直是我关注的焦点，即使无论如何，我也无法获得答案。

我常常猜想，在你的身边，是不是已经有了一名新的女性。有时候我想，这是一件理所当然的事，当一个人感到孤单时，他需要一个能够给他慰藉的人，无论是从心理上，还是从生理上。人是非常害怕并且又常常感到孤单的动物。他身为一个个体，在初生的时候就具有了这样的特性。所以，当我想到这些时，我觉得，有一名女性陪伴着你，这样的事情是理所当然的，是应该的。

但是当我想到，这名女性将得到你所有的一切。你的笑容，你手臂所产生的温暖，以及其他的一切，等等，都会被她毫不保留地接受，想到这样的情况时，我感觉很痛苦。那样的感觉，就像是胸口堵着什么东西一样。这样的杂物堵塞在我的胸口，让我时时产生要呕吐的感觉，但是，它只是一种感觉，是我在感觉痛苦时衍生出来的，它并不是真实地存在着的，因此，我从来也没有因为这样而吐出来什么，也从来没有感觉吐出来以后的那种舒畅。

我常常感觉自卑，和你在一起的时候是这样，离开你了，还是这样。我觉得我不好，太单纯，一厢情愿，没主见。用直接一点的话来说就是傻瓜。所以，这个傻瓜一直紧紧地待在你的身边，生怕有一天因为什么而错过了你的生活。所以渐渐地，我感觉我跟不上你的脚步了。我想要追赶上你的生活，但是无法沿着你的脚步。走着走着我就感觉混乱了。路上有那么多的脚印，我分辨不清哪些是你的，哪些是别人的。我从来没有感觉到这样的恐惧，当我追上你的时候，我是不是已经老了。我老了，你就认不出我是谁了。

　　我常常这样猜想，猜想都是由你开始，但是想到的东西越来越远，越来越使我感觉害怕。想象力是最大的凶手。它是未知的，这样的距离是不是让人产生了一种不可触摸的美感，因此，人们在一边感受痛苦的同时，一边憧憬着可能性的美好，于是前赴后继地追逐着。或许，人们不感觉到锥心的刺痛，永远也不知道后果会是这样悲惨。

9 月 13 日

亲爱的：

　　昨天我做了一个梦。

　　我从离开你以后，很少做关于你的梦。我想，这是我理性抑制的结果。我希望自己不要在梦里见到你，甚至希望自己能在短时间内迅速忘记你的模样。我不知道你是不是也有过和我同样的希望。我不希望见到你，是因为我知道，即使在梦里看到你的影子，那也是虚幻的，对我的生活没有任何的积极意义。

　　我在梦里看到你走在我的前面，我喊你的名字，你回过头来冲我微微笑了笑，又转回去了。这一次，我再呼喊你，你也不应我了。你很快消失在了人群中。于是，我哭着醒了。

　　和你在一起的时候，我常常做这样的梦。有时候我会哭着醒过来，可是在那个时候，我能够立刻看到你的脸。你告诉我说，我一直都在，陪着你。我点点头，对于你的约定做一个肯定的回复。但是，我又首先打破了我们之间的约定。你得相信，我有不得已的苦衷，但是我不能将原因告诉你。看着你的表情，我知道，你一定对我很失望，可能失望到了极点。如果你继续追问我，很有可能我会一时情绪激动，保不齐我就把原因告诉了你。但是，我一定会在我接下来的人生中后悔。亲爱的，我一直跟你强调着这个原因，并不是希望你去琢磨它，追踪它，最终获得答案。我想，你获得答案以后，一定也会如同我说出答案了一样，你会后悔知道它。所以，我一直在强调着它，我希望你忘记这个原因。我有我的苦衷，但是，我也不希望你因此而怀着任何同情的心情去看我接下来的信件。你应该保持着一颗冷静的心，和清醒的头脑，这也是你最具魅力的地方。

10 月 13 日

亲爱的：

在一起的时候，我觉得你不太在乎我。是的，我觉得你身边的任何东西，似乎都比我重要。这样的判断，使我在那时萌生出这样的想法：我宁愿成为你的杯子，你的衣服，这样或许能离你更近一些。我觉得你不在乎我。有时候我想，你那么在乎你为之奋斗的理想，而我在你的身边，成为了一种单调的摆设。你一直忙着，那么，有一天，我对你来说就会变成一种可有可无的存在。到了那个时候，你就不再需要我了。你不需要我了，那么我应该怎么办呢。

离开你以后，我首先做的就是寻找我的价值。你也许没有发现，其实之前的生活，我似乎一直就在围绕着你打转。这是盲目的，也是没有意义的。恋爱中的人们通常都喜欢做出一些盲目的、没有意义的事。因为他们是局中人，他们永远也无法看到自己的失误。当他们处在那样的一个环境当中时，或许还在为自己的所作所为而沾沾自喜。我想，当初我就是这样的。在围绕你的过程中，我的自我意志渐渐消退了。我感觉，似乎什么事情都不需要我来做决定。而在你面前表现出来的，就成为了一种附和式的赞同。我想，在那时，你一定也对我感觉很失望。我想要追随你的步伐，然而不知不觉成为了你的复制品。你的思想，你的言语，你的行为。而我自己，在这样的追随中遗失了。现在我离开你了，才发现自己被分割开来，一个是和你相似的自己，另一个是原本的自己。而原本的那个自己，站在离我那么遥远的地方，我想要把它找回来，还需要一定的时间。

11 月 13 日

亲爱的：

　　我在离开你以后，有时候会想起在我之前，曾经先后和你在一起的两个姑娘。有时候我偷偷翻你的记事本，发现你特意记了两个姑娘的号码。那个时候，我感觉我的心里很酸涩。我觉得，我是一个懦弱的人。有许多话我曾经想要对你说，但是，当我看到你的时候，这些话又堵在了我的喉咙里。我很想知道，那两个姑娘对于你来说，是否还占据着重要的位置。但是，我害怕去问这样的一个问题。一方面，也许你会不高兴。另一方面，我害怕你给予我的回答是我所不希望的一个答案。你不说谎。但是，有时候，好听的谎话比刺耳的真话更容易攫取人的心，尤其是女性的心。我希望你坦诚地告诉我一切，但是，又不希望你的坦诚中会有我无法接受的事实。所以我一直矛盾着，纠结着，思想也一直斗争。而我的自卑感在这时又冒了出来。它很直接地告诉我，你的两位前女友比我看起来更优秀。这个时候我又开始感觉害怕了。我觉得，我像是掉进了一个无底的深渊，我的思想挣扎，就如同在泥沼一般，越陷越深，直至最后被完全吞没。

12 月 13 日

亲爱的：

我感觉就像你说的一样，我做事情总是一厢情愿。那时候，你一针见血地指出来给我看，让我觉得有些难堪。我的心猛然晃了一下，接着沉了下去。我想你说的是事实，只是我不愿意接受。

许多事情，在你看来，都是我一厢情愿的看法，在一夜之间你让我接受你的这个观点，我想即使换一个人，同样也无法接受。爱来得不容易，我宁愿别人不接受，也不愿意看到它们被践踏。而你要告诉我的是，它们都被糟蹋了，都被浪费了。

一个人在经历了数次伤害之后，总得要学会成长。这是一个外力迫使成长的过程。被迫的成长总会在内心里留下阴影，但是，没有人能够拒绝这样的一个过程。它是客观的，具有不可抗拒的力量。让人觉得可笑的是，在经历了这么多的事情之后，我始终没有看清楚这个世界，始终没有懂得那句古老的俗语。

有时候我觉得很心寒。在许多人眼里，我是一个冷漠的人。我今天才知道这样的状况。我避免和别人接触，他们说我故作姿态。我不明白，为什么只有在论及别人，尤其是他人的缺陷时，人们的嘴才变得灵巧起来。我觉得自己要被淹没在他们的唾液之中了。没有人知道，受的伤害越多，人就变得更为谨慎与吝啬。没有人一生下来就想成为一个冷漠的人。人们都想以美好的眼光去打量这个世界，可惜的是，这个世界没有给予他们同样的回应。

那些理解我的人，包括你在内，都离开了我。不，是我选择离开你们的。我害怕我们所有的关系，像你说的那样，只是我一厢情愿的想象。我不能接受这样的结果，尤其是你。我害怕曾经的感情也是我一个人在自作多情。我为我的这个猜测而感到羞耻。我在你面前，总是很容易感觉到羞耻的。而且，我习惯于对自己犯下的错误耿耿于怀。错误所引起的一系列后果总是在我的脑海中盘桓，也许有一天它会暂时消失。但是，如果它重新钻到我的脑袋里，那么，我有一种强烈的犯罪感。我总是想，如果我没有那样做，该有多好。世界上没有后悔药。就像现在，我有些后悔离开你了。但是，我别无选择。

然而我认识到这个事实，这个一厢情愿的事实的时候，已经太晚了。你向我指出来时候，我并不是很深刻地看到了它，而是透过你的话感觉到它——也许我真的就是这样的，我这么想。现在，我进一步看清了，并且亲自验证了这个事实，这使我感觉很难过。因为我没有办法在短时间内看清楚自己。而你，就像是一面镜子一样，反映出我的一切。现在我离开了镜子，我为自己不必看清楚自己丑陋的脸而感到微微的窃喜，但是更多的是之后奔涌而来的悲伤。因为从此，我再也看不到我的脸了。

1 月 13 日

亲爱的：

这个日期总是让我感觉很特殊。我喜欢这样的一个日期，它是一个承接的连点，明天是情人节，而今天，是我们的纪念日。

对于情人节我有一种复杂的、悲喜交织的感情。我看到人们走在街上，他们用手臂挽住彼此，两个人之间的距离越来越小，形成了一种无间的亲密。

我没有收到过你的情人节玫瑰。你总是忘掉这个日子，面对着我的期待，你只好说，我们不是情人，是爱人。爱人不需要情人节。但是，只属于我们的特殊节日，恐怕你也从来没有记得过。现在我也不再去在意它，因为或许，你已经忘记了我的存在。我觉得很矛盾。一方面，我希望你能忘掉我，这是我要求你的，因为我离开了你；另一方面，我不希望只是在你的生命里留下了匆匆的一瞥。你忘掉了我，那是你对我的要求的最后一次履行，我应该感到高兴。

在明天，是否会有一位女性和你共同度过这个节日呢。我没有勇气想象那样的场面，因为当我开始想象的时候，得到的不仅仅是疼痛，还有一股不停蔓延的压抑。我觉得自己很愚蠢，明明每次都预先知道结果，但是仍然乐此不疲地进行自我折磨。我没有办法停止这样的自我折磨。

我对你的名字，以及关于你的一切仍然很敏感。有的时候我坐在床上看书，我会突然从书页中间发现一张用来做书签用的你的照片。这个时候，我往往下意识地合上书本。我试图不去想它，但是，我的思维很快又重新回到书本上。我想打开书页，仔细看一看你的脸。我必须用全力去阻止我的这种冲动。因为，如果我无法控制我的冲动，那么，我所做的、用理性压抑着的这一切努力，都会在瞬间告结。那样我便无法继续支撑我的生活。

我是如此地想念你，但是你全然不知。我不能告诉你。然而现在，我写了七封信。我还会继续下去，在这些信中告诉你隐匿在我心里已久的一切。我要把我内心所想到的，所回忆起来的一切都告诉你。我希望你把这些事情，看成一个值得怀念的回忆。我并不奢求你对它们产生美好的感觉，即使它们在我的心里是美好的。但是对于你来说，得到的感觉可能恰好相反。

在某些日子里，你是不是偶然也会不经意地想起我？或者，你早已将我连同那些不愉快的回忆一起，清除在了你的脑外。请你相信我，我无意将这些痛楚放在你的身上，我并不愿意。但是，这仍然是我经过深思熟虑后的一个决定。我别无选择。这样的一个决定，我对你保持了沉默。我知道你厌恶我的沉默。人只有相互交流，才能够看清楚他人的内心。

在离开的时候，我却再一次选择了让你厌恶我。这是一个不能被分享的秘密，我宁愿选择被厌恶，也不愿意你在听到事实后展现出一副痛苦的、纠结的表情。亲爱的，当你看到这里的时候，也许会想到许多不快，但是我希望你依然能够读下去。我不希望这些话，再激起你对我的愤怒。因为我变得胆怯了，我没有勇气去面对你的愤怒。

2 月 13 日

亲爱的：

我去了一趟浅川路。这条显得有点乡气的路，曾经是我每天必经的一条道路。你是否记得，我们在一起之前，你曾经离开过我一次。我尊重你的选择。可是，在那段时间里，这件事情给我带来了很大的阴影。所以一直到后来，我仍然对我们的感情半信半疑。那段时间里，我每天都坐公车经过这条路。路上的店面、树木，无一不是我所熟悉的。我每天都经过这条路，这些有些破旧的建筑，在那时，在我的眼里看来满目疮痍。尽管每天我都戴着耳机，尽管我的耳朵里充满了音乐人的呐喊声，但是它们依然是安静的，或者可以这样说，它们在一个与我无关的世界里有秩序地响着，精彩着，但是这个世界与我远远隔开，与我毫不相干。

然而我没有想到的是，你会在几个月之后突然出现在我的眼前。在此之前，我冷静地生活在与你无关的世界里，或许你完全不知道，那段时间我是怎么度过的。我拒绝说话，拒绝与世界联系，每天我都在屋子里坐着，看那些早已烂熟的电影。谁也没有看出来我的变化。我的生活就这么简单地重复着，像印刷书页一样，唰地一下就被翻了过去。

我在接到你的电话之后，开始只是觉得也许你在跟我开玩笑。我犹豫了许久，终于接了你的电话。我看到你的电话号码在我的手机上不停地闪烁着，让我觉得很不忍。你告诉我你要来找我。其实那个时候，我并不希望你来。我害怕这是你的一时冲动。人们在一时冲动的时候，往往做下许多只在当时才有兴趣的事。我害怕的，不是你的决定，而是你的一时兴起。我知道希望越大，失望也就越大的道理。我开始学会谨慎了，学会小心翼翼了。

结果你真的来了。你走到了我的面前，带着一副有些憔悴的面容。我想要向你伸出手去，抚平你表情背后所遮掩着的伤痕。我感到高兴，因为你那么真切地站在我的面前，触手可及。

一份触手可及的幸福。

3月13日

亲爱的：

时间已经是春末了。我不知道北方的天气是怎样的。我在众多的作品中看到过有关北方天气的描写，它们给我的一个总的印象是干燥。

我害怕这样的天气。因为我似乎在我的想象中看到了一座座阴霾的城市。这样的城市让我觉得尘土弥漫。我总觉得，黄沙是那些城市中的主角之一。闭上眼睛，我好像感觉到黄沙铺天盖地地向我侵袭过来，接着，整座城市就埋没在了黄沙底下。这样的感觉，有一种久违的熟悉，像是多年以前，许多辉煌的王朝也被埋没在了黄沙底下一样。

也许，人最终的归途也是黄土。

南方的春天是潮湿而阴冷的。我坐在房间里，即使太阳透过窗子照进来，映在我的身上，我依然感觉寒冷。我觉得我时刻都在不自觉地打冷颤。

我庆幸的是，这样的潮湿与寒冷带给我一种前所未有的清醒。我每天都在这样的寒冷中醒来，又在这样的寒冷中睡过去。其实有那么一段时间里，我期盼着我能在睡眠中不再醒来。

有阳光的下午，我会到顶楼去晒太阳。我每天都在这里看到一个姑娘，她的脸红扑扑的，辫子粗长。她总是穿着白衣服，戴着一顶小小的白帽子，不施脂粉。这样的装扮使她看起来纯洁而又美好。

她总是在顶楼上晒衣服，或者床单。她的拖鞋和积水的地板发出凝滞的嗒嗒的声响，让我听起来觉得安静又肃穆。每天下午，我都在她这样的脚步中睡着，又在她的脚步中醒来。

当我醒来的时候，往往太阳已经开始落山。她走到阳台上，给晾晒的衣物夹一个夹子，以免被风吹跑。不知道为什么，从离开你以后，我开始讨厌风。风呼呼地吹着，好像要穿透我的心知道些什么。我讨厌它这样的好奇心。

4 月 13 日

亲爱的：

今天是你的生日。

我想对你说一些祝福的话，却又觉得自己失去了那个资格。

在你的心里，我是不是已经被归档成为了陌生人？彼此熟悉，却又彼此陌生。我站在电话前面许久，终于还是没有拨通你的电话。这么长的时间里，我一直没有给你打过电话。可是现在，我感觉快要崩溃了。

有人说，崩溃是想起了以前的历次崩溃。这是我在书上看到的一句话。我觉得写得真好，真有总结性，还有代表性。

我就是因为想起了与你在一起时许多的过往，而这些过往，使我一次又一次地经历崩溃。它们总体地爆发，使我的世界彻底崩塌了。

这么长的时间里，我终于再次学会了哭。

5 月 13 日

亲爱的：

究竟是世界放弃了我，还是我放弃了这个世界？

6 月 13 日

亲爱的：

我想告诉你一些话。

我这一辈子，最庆幸的事情就是遇到你。我最想要做的事情，就是能和你结婚。然而让我最痛不欲生的选择，是离开你。我从来也没有后悔爱过你。

这一辈子里，我们都做过错事。我们所做的事，也许在无形之中就给对方造成了伤害。我做事情的时候，常常不计后果。我不知道，这些事情是否在无形之中深深伤害了你，我从来没有向你询问过。直到现在，离开你了我才想起来。我同样也没有问过你，你是否感觉过幸福。如果你曾经那样感觉过，那么，这个答案将是送给我的最好的礼物。

你是我生命里最美好的一件礼物。我希望你能够幸福快乐，希望你的脸上能时刻挂着笑容。我记得你常常叹气，你说这是你的一个习惯。也许，那是许多事情堆积起来之后的一种表现。所以，你要快乐地、幸福地生活。

去找一个对你好的、善良的姑娘，好好地生活。我知道你会幸福，因为我一直是这么希望的。

我爱你。这句话我很少说。现在我将它传达给你。我

046

怕再也没有机会。

我的时间越来越少了。

7月13日

向辛：

看到这个称呼你一定会觉得有些陌生，即使它就是你的名字。一直以来我都很少叫你的名字。所以，我们在一起的时候，你总是问我，你为什么不叫我的名字呢？

今天周琦来看我了。这是你不知道的，因为是我要求他不要告诉你。你一定会觉得奇怪，周琦为什么会突然要到外地去，并且是一个不为人所知的陌生的地方。他是你视为兄弟的朋友，所以，我给他打了电话。你不知道，在拨这个电话之前，我有多么紧张。你和周琦的电话号码只差一位数字，我生怕手一颤抖，就把电话拨到了你那里去。这么久以来，我放弃了说话，所以，在打这个电话的时候，我甚至都忘记了他的名字应该怎样念。我想你们可能会因为他的出行有一次小争吵，当他今天站在我面前的时候，这一点得到了证实。

周琦看起来有些憔悴，因为他在火车上没休息。他看到我的时候，带了一大束花，只可惜不是我喜欢的那一种。它们在我的房间里新鲜地开着，仿佛要诞生许许多多幼小的、新的生命。

其实你应该是我最想要见的人。然而此时，我最不愿意见到的人，就是你。如果换成是你站在我的面前，我会为我的丑陋而感到羞耻。但是面对周琦的时候，我没有这样的感觉。我看到他的时候，我仍然能够表现出正常的自我。我能够想哭就哭，想笑就笑。但是如果面对的是你，我应该戴上一张怎样的面具去遮掩我内心的恐惧呢？

我从未像现在这样，如此迫切地希望我的生命能够延长。我知道，即使我的生命继续延长下去，也将是一个沉痛的持续。我会继续背负着这座山，在这里遥望你的生活。你的生活不应该被我打扰，从我进入的一开始就是这样。我给你带来的，或许辛苦多于幸福。既然是不幸福的，那么，就没有必要持续下去。

周琦对我说，你要好好的，要耐心等着，向辛还没有来。

周琦走了。他说，即使是拖，也会把你拖到我的面前来。

我哭了，又笑了。周琦真能操心。

其实，你来或者不来，对我来说，已经不重要了。因为我确定自己等不到你的到来。

我寄给你的信一共十二封。十二，是一个圆满完整的周期，刚好一年的时间。你还会疑惑这个特殊的周期吗？这是因为我们在一起整整一年的时间。那么，你还记得十三号是什么日子吗？这一个，即使你不知道答案，我也不会告诉你，这样，可以让你留一个念想。我希望自己在你的印象里是一个比较美好的女性。可能在你的心目中，我有一些让你无法忍受的缺点，但是我希望你能够记得我的优点，忘记我的缺点。其实忘却有时候是一种美德。所以，我希望在我身上，你能够运用这样的美德。我希望我对于你来说，是一个留下了美好印记的女性。

我没有告诉你我为什么要离开你，你多次追问过我，但是我没有回答。今天，我同样也不准备将它告诉你。这个答案是原本只属于我的，可是周琦很聪明，他猜了出来。他猜对了，面对着他的眼睛，我没有办法否认。他会不

048

会将答案告诉你，我不知道，但是，我不会告诉你。我没有违背我自己的意愿。

这一回，是真的要说再见了。以前，我总怀有这样的期待，因为我想，说再见的人终究会再见面。可是，这是最后一句再见，以后，我再也不会对你说了。我失去了勇气，更失去了机会。

再见。

慧子
8月13日

他抬起头来，发现窗外已经微微发白了。他站起来，放在腿上的信随着"哗啦"一声全部滑落下来，落在地上。他从摇椅中走出来，还未停止晃动的摇椅发出吱吱的声响。这样的声音在他听来，就像是一支安静的、悲哀的葬歌。

他努力地去回想，可是脑子里再也没有这个名叫慧子的姑娘的影子。或许从她离开的那一刻起，她就聪明地在他的脑海中画上了一个句点。她似乎不愿意再打扰他，于是配合着时间，将他脑海中的记忆清除得干干净净。她在他的脑海中，只留下了一个单薄的侧影，风一吹，似乎就要被吹散掉。

清晨，像是一个孕育一切的开始，一个梦的开始。他感觉好像丢失了什么。他弯下腰去捡那些信，但是它们像是事先约好的一般，当他向它们伸出手去的时候，风就吹起来，信随着风跑了，

他再次直起身来的时候，发现周琦站在房门外面。他依然很憔悴，脸像是多天没有仔细清洗过了。他看着周琦的表情变化，心里形成了一个越来越清晰的轮廓。已经捡起来的信，呼地一下又重新撒落到了地上，就像是破裂玻璃的碎片一样，布满在他的脚边。

他从周琦的手中接过了一封死亡通知书。死亡原因：肝癌晚期。

有人说，崩溃是想起了以前的历次崩溃。

于是，她的影子在他的脑海里留下了一片厚重的瘀青。

作者简介
FEIYANG

    徐筱雅，1987 年生于广西南宁。安静，畏生，不内向。写作不勤奋，灵感来时下笔流畅，灵感去时抓耳挠腮。读书不勤奋，经常由于书中人物名字太长而放弃阅读。性格懒散，经常临时抱佛脚。死心眼，不喜欢遇到谈话时钻牛角尖的人。（第六、七届新概念作文大赛一等奖，第八届新概念作文大赛二等奖，第十届新概念作文大赛一等奖）

摇滚的日子 ◎文/朱戈

青春的人儿啊

想想一个人的十年会怎样

足够让许多选择发生

许多人事来来往往

此刻你深爱的啊

是那多少个十年后的少年

他是否依旧那么年轻

是否依旧那么热情

透过窗外夜色的迷雾

和丝绒般光滑的茧

我深深地亲吻着你

在这夜色不安的城市里

很久没有整理 CD 架了。

CD 们披着不厚的灰尘，吐着似乎被遗忘的小调。幸好，一张张地擦拭干净，一张张地归位，看来 CD 也是需要归属感的。

突然，翻到一张积满灰尘的 CD，不搭调地挤在 EMI 的古典 CD 旁。

《流星圣殿》——Linkin Park 的第二张录音室专辑。

我大笑起来，持续了很长时间。

Linkin Park 啊，我喃喃地说。

一

我记得，那天是个阳光极为灿烂的日子，灿烂到让人眩晕。

我记得，那天的阳光笔直地撒在意意的脸上。

我记得，阳光下的意意在那一刻，用同样充满阳光味道地笑看着我，却带着一丝骗你上贼船的味道。

我记得，耳中第一个关于 Linkin Park 的音符，是电吉他毫无保留的嘶吼和着主唱歇斯底里的兽吼。

啥玩意啊，这是？戴着意意的大耳麦，我用很响的声音说了这句话。

意意扯下我头上的耳麦，依旧保持着那种笑容。

你不知道了吧，这就是摇滚。

我记得，我就是以这样朴素的方式，在那一个充满阳光的瞬间，被骗上了摇滚这艘贼船，心甘情愿地。

二

你前面说那叫"林"啥来着？我抬起头问意意。

Linkin Park。中文翻译叫林肯公园，你怎么反应总是那么慢啊？意意拍了拍我的头。

我诺诺地点头，记下 Linkin Park 的名字。

意意说我反应慢是有道理的。

年少时，男生的圈子总是需要用某种共同兴趣来维护的，比如说篮球足球，比如说电子游戏，又比如说摇滚，可令我措手不及的是，这种群体的共同兴趣时常在变。

男孩们昨天可能还是一群樱木花道，明天就都变成了约翰列侬。

而我，则似乎永远是夹在约翰列侬中的樱木。

幸好，意意的存在总是在我将要脱离男生圈子的时候，拉我回来，好笑的是，每次都带着那种骗你上贼船的笑容。

于是，跟着意意的脚步，我很快学会了玩篮球，玩电子游戏，这些似乎都应是男生该有的爱好，然而对我来说，却只是对于群体的一种依赖而已。

放学后我来到家旁边的一家音像店。

老板，Linkin Park 有吗？我不常来，音像店的老板看到熟客会很热情地拿出最新到的片子或者 CD，然而对于我，却只是一个斜眼的打量。

啥？老板皱了皱眉。

那个……林肯公园……我同学是这么说的，我有些莫名的唯唯诺诺。

那里，自己找。老板指了指门口的 CD 架，架上罗列着欧美的大牌 CD 们。

我很快找到 Linkin 的 CD，似乎是完成一个任务。结完账后狼狈地从音像店走出来，空气中弥漫着呛人的汽车尾气。

回家的路上，我没有急于拆开 CD，只是慢步走着，突然一个念头在脑中闪过，等到摇滚如同篮球、电子游戏一般不再是男孩们的共同兴趣时，那张 Linkin 也就没了它的价值。

然而，我竟感到一丝惋惜。

三

哦哟，意意说你也开始听 Linkin 啦，飙两段听听？

柳树扯掉了我的耳麦。

那个年头，扯耳麦似乎是个极为流行的动作。前提是大家都换上了颇有摇滚感觉的大耳麦，其次是很多人为了假装自己音量开得很响，对于别人热情的招呼往往有意地置若罔闻。

所以扯耳麦无疑成为了揭穿伪装的最好方法。

我摇了摇头，说不会。抬头看了眼柳树，接着戴上耳机，切回前面错过的《My December》。

柳树似乎想说些什么，却有无从开口的味道，只是傻站着。

之前我和柳树不熟，只是知道班里有这样一个名字。印象中只是个瘦瘦的，爱开玩笑，带些油腔滑调的男生。

不久后，柳树告诉了我 Linkin 新专辑《流星圣殿》被引进的消息，柳树显然也喜欢 Linkin，只有在说 Linkin 的时候，他才会严肃起来。

我开始听 Linkin park 的事情很快在男生圈子中散布开来，下课有人来拍我肩膀说，这次跟进得快了嘛。

别人惊讶于我听 Linkin 时的神情，一脸的冷漠和安静，我似乎更像是在听古典乐，而不是摇滚。

男生中常会聚在一起讨论 Linkin 的歌，包括乐队的现场，歌中的脏字，以及《Faint》中那带些死亡金属味道的兽吼。我并未参与这些讨论，只是例行公事般听着，从不发言。

但不代表我不了解这些，事实上我是为数不多说得出所有乐队成员名字的人。

那天和意意一起回家的时候，我问他：

你真的喜欢 Linkin Park 吗？

他说，这么牛的摇滚，谁不喜欢？

我不回答，只是说，我想我是真的喜欢上这种音乐了。

四

摇滚的热头似乎迟迟不肯消退，所以我的那张 Linkin 幸运地一直在体现他的价值，这应该是一张 CD 最愉快的状态，不停地在 CD 机中旋转，直到主人抛弃它的那天。

Linkin 开始泛滥到每个人的耳朵当中，不再局限于那些一直聚在一起讨论 Linkin 的男生圈子，柳树笑着说，不得了，现在就连外表文静的女生也开始听 Linkin 了。

我把自己称做 Linkin 党，在一个 Linkin 党眼里，Linkin 即是摇滚，摇滚即是一切。

然而与此相对，在 Linkin 的大潮当中，另一些人则被我称作伪 Linkin 党，因为那个时候的 Linkin 似乎已经不再是单纯的摇滚乐，而是一种时尚或者潮流的代名词了。

当你随便问一个貌似文静的女生，你喜欢什么类型的音乐？她会回答，摇滚，并且摆上自认为很摇滚的动作，接着再问喜欢的乐队，她会回答 Linkin Park，不过发音很可能是"林青帕克"。不过，当你再问得具体点的时候，聪明些的女生就会试着扯开话题了。

那时候伪 Linkin 党的确大行其道。

不可思议的是，那群曾经聚在一起讨论 Linkin 的男生似乎返老还童，再次回到了篮球和电子游戏怀抱里。

更不可思议的是，Linkin 党竟意外地拉近了我、意意、柳树之间的距离，意意说，我们坚持的是一样的。

有空的时候，常常和意意、柳树到路边的夜排档去吃炒面，聊些身边的小事，聊些 Linkin Park。

意意的口头禅是：我觉得那个女孩长得不错。他说到这些的时候，常被我们推搡下去，然后三个人一起吃吃地笑，毫无理由的。

但意意有时候也会说些颇有意义的话，我记得那天他说：

你说咱们到底是为啥听 Linkin 啊？

喜欢摇滚啊。柳树回答。

不对，是热爱。我更正道。

那你说我们到底热爱摇滚什么？

在那时看来，吃炒面的时候问一个如此严肃的问题是极其不合时宜的。

喜欢就喜欢了，你怎么搞得像女的一样，偏要找个理由出来？柳树不耐烦道。

意意一个人显得很无趣，独自吞着炒面。

半晌，我一字一顿地说，是精神，摇滚精神。

意意刚想问，又收了回去，我知道他要问的是摇滚精神是什么。

他知道我回答不清楚，因为对于每个人来说的摇滚精神，也许都是不同的，也许只是每个人的一种生活态度而已。

五

Linkin 党的日子不好过，因为我们还未长大，换种通俗的说法是，因为我们还要考试。

意意和柳树在期中考试中一败涂地，我也勉强混过，拿成绩的那天，三个人同时想到了一个词——萧条。

意意和柳树在去夜排档的路上肩勾着肩，像兄弟连的海报上画的那样。我走上去的时候，他们异口同声地说，离我们远点。

我带着一点点的幸灾乐祸笑着。

Linkin 党也有这一天啊，看来这次的 Linkin 演唱会是去不成了，意意叹道。

算了算了，黄泉路上做个饱鬼，今天我请。我缓和着气氛。

去你妈的黄泉路，柳树的心情也很低落，不过饱鬼还是要做的，随后补充道。

老板，拿三碗炒面加量，菜多放点，我吼道。

三个 Linkin 党像末代的武士呼哧呼哧地吞着炒面。

今天我悟出了一个道理，意意突然停下来，嘴上还挂着炒面。

什么？

摇滚是不能当饭吃的。

啥意思？异口同声。

你们这群粗人。意意转过头，继续吞炒面。

柳树说，当然不能当饭吃咯，人可以不听摇滚，但不可以不吃饭。

你长进了，意意说，

柳树没理他。

人可以不听摇滚，但不可以不及格。我半晌说出这样一句话，之后被两个人合力推了下去。

<h2 style="text-align:center">六</h2>

伪 Linkin 党的队伍开始呈几何级数般壮大了，Linkin 党却如一朝昏君每况愈下。

发现这个事实是在音乐课上。

音乐老师是个年轻的女教师，意意说那个老师长得真是漂亮，我也有同感。荷尔蒙旺盛的意意常常会和我猜测她的年龄，或者有意在下课的时候和她套近乎。

可是，光靠漂亮是镇不住伪 Linkin 党们的声势的。似乎在为 Linkin 党们的眼里，莫扎特贝多芬都只是没落贵族的玩物罢了，Linkin 才是最 in 最合潮流的，于是音乐课便沦为了伪 Linkin 党们的说话课和好学生的自修课。

我和意意常为此感到极度的愤怒，用意意的话说，这些粗人。

意意有一天心情格外不好，听说是和柳树闹了点矛盾。

那天的音乐课老师让我们听巴赫的曲子，班级里依旧是很吵，意意低着头，一语不发。

突然，意意一下子站起来，猛拍桌子，用极男人的口气吼道，可以给我安静下来了，不要听的滚出去。

班里突然安静下来，所有人的眼光集中到意意的身上。我坐在后面对意意说，够摇滚，我崇拜你，在一旁趴着睡觉的柳树也抬起头，眨着睡意惺忪的双眼看了看意意，又低了下去。

意意定了定神，在众人的眼光中坐了下来。

连那个年轻女教师都有些受宠若惊。

这件事导致了两个后果，一是意意被委任为长期空缺的音乐课代表，二是意意与年轻女教师的"师生恋"在伪 Linkin 党中大肆传播，之后甚至波及全校。

我常提醒意意，喂，低调点。

但意意自己倒是兴奋，因为音乐课代表的职务让他名正言顺地和年轻女教师接触了。后来他换掉了那句口头禅，变成：音乐课为什么没作业啊？

伪 Linkin 党好像自意意的一吼之后就意外地一蹶不振。

最近伪 Linkin 没以前那么嚣张了嘛，我说。

是啊，柳树应道，潮流总会更替的嘛，我看最近他们又开始听什么五月天了，好像女生现在都特别喜欢一个叫阿信的，是那个乐队的主唱，听说还有个名号叫摇滚诗人。

什么"摇滚诗人"？我用不屑的语气说完这句话，一点也没有预料到两个月后五月天党的泛滥和风靡与曾经的伪 Linkin 党相比简直有过之而无不及。

七

曾经的伪 Linkin 党中有不少漂亮的女生，对于她们来说，Linkin 和飞轮海或者韩国的偶像明星没有任何差别。我有时想，这样的追逐有什么意义。

显然她们是没有摇滚精神的，或者说，不需要。

但是，她们却义务反顾地喜欢上或者暗恋上那个曾经惊天一吼的摇滚男——意意。我承认，意意的确长得不错，而且为人处事也很有男人味，可为什么如此之受女生欢迎，这个问题困扰我很久。

说实话，对于女生的心思，那个时候的我是一无所知的。

私下里倒是柳树和我说，他曾经和那些女生有过一些接触。

我说后来怎么样，有没有……

他不回答，我以为他在那些漂亮女生中有艳遇，既然他不愿多说，我便不多过问。

出乎意料的是，在我百思不得其解的时候，有一个女生找到了我。

她开口的语气很大方。我曾幻想有女生会来主动结识我，不过想象中一直是以很摇滚的方式，比如说在我听 Linkin 的时候扯掉我的耳机。

然而，事实却往往和想象的有很大的差距。

那个女生，用极其朴素的方式，坐在我面前，带着笑，然后开口。

嘿，你是不是很喜欢 Linkin 啊？

这是那个年头流行的搭讪方式，似乎是一种心照不宣，几乎所有的人都会回答，嗯，是的，因为只有这个回答才能进行下一步的谈话。

虽然对于我来说这个回答并不违心，可我的语气却像是在说谎。

嗯，是啊，很喜欢，我用笑来掩饰一点点的紧张。

而对于那个女生来说，"喜欢"的真实性却并不那么重要。

我就知道嘛，嘿嘿，她挂着颇有成就感的笑，点头说，我也挺喜欢 Linkin 的其实。

我仔细打量了坐在我面前的这个女生，不可否认，是个漂亮的女孩，似乎我脑中对这个女孩的形容词只剩下漂亮了。

我看得有些发愣。

她顿了一下，突然有些无话可说的味道。

忘了说了，我叫 Kitty，给我张纸吧。

于是，我知道了那个女孩的联系方式，手机，MSN，家里电话。

八

盛夏的时候，我和意意几乎同时收到消息。

柳树消失了，不知道是出国还是转校，反正就是消失了，什么都没有留下。

消失得太过突然，让我无所准备。突然回忆起学期末的最后几天，柳树的精神似乎有些恍惚，上课的时候一直趴着，最终的期末考试也依旧是一塌糊涂，意意常回头看他，预感会发生些什么。

最后一次三个人一起去吃炒面是一个很平淡的夜晚，伴着夏天该有的蝉鸣和腥风。

唯一不同的是，酒后的柳树突然变得严肃起来，直直地盯着意意：告诉我，你的摇滚精神究竟是什么？

意意只是不停地摇头。

那晚柳树一个人在炒面摊喝掉了两瓶三得利，我并不知道酒量不好的他为什么要把自己灌醉，走的时候，意意背着他回去，整个过程，意意一直不说话。

柳树好几次想从意意的背上跳下来，都被意意紧紧地抓住。

九

于是只剩下我和意意了。

因为意意的关系，我们和那个受宠若惊的音乐老师混得很熟。我们叫她 Melody，字典上说，这个单词的意思是美丽的旋律，重点在"美丽"上。

我和意意常去她办公室玩，音乐老师和体育老师在一间办公室，体育老师又常常奔波在外，所以我们去的时候，常常是 Melody 一个人。

意意在认识了 Melody 之后一直问我，要不要和她说我们喜欢 Linkin，我也很犹豫，有点觉得摇滚像是坏孩子的音乐。

显然，我们还是忍不住说了。

Melody 看到我们两个吞吞吐吐的样子，大声笑了起来，真的很大声，几乎呛着。

看到 Melody 并不排斥嘈杂的摇滚，我和意意很兴奋，连忙趁热打铁说，我们最喜欢的乐队是 Linkin Park。

我记得那时我还把乐队的中文名字用力地重复了一遍。

于是 Melody 笑得更大声了。

Melody 说，Nu-metal 的，现在听的人是很多。

意意连忙点头。我却在想刚刚听到的那个英文单词，Nu-metal。

Melody 似乎看出我的心思，说，Nu-metal 就是新金属，金属的一种，喂，你们以后可别开口闭口的重金属啊，现在好像很流行这词，太不专业了啊。

Melody 之后把金属的门类大致讲了一遍，我和意意听得一愣一愣的。

从那一天起，我和意意才真正知道，我们曾经如此崇拜甚至视之为生命的 Linkin，仅仅是摇滚的冰山一角而已——从摇滚到金属再到新金属。

意意比我更惊讶，原来是这样，他不停地说。

我把从 Melody 那里知道的这些和我的惊讶全数叙述给了 Kitty 听。

这个时候我已经和 Kitty 很熟了，有空的时候常常会和 Kitty 打打电话，说一些听 Linkin 的感受，或者只是随便说些身边的笑话逗她。

我以为 Kitty 听完之后，会表现出和我一样的惊讶，然而却丝毫没有，仅仅是淡淡的一句，这样的啊。

我着实不喜欢这个回答。

Kitty 很快扯开了话题，一些女生中流传的八卦，很多是关于意意的，比如说昨天她看到意意主动替班里一个感冒的女生做值日，又或者前天她看到意意和音乐老师两个人在音乐教室里聊得神采奕奕。

我不想打断她，这样会让她觉得我很不礼貌，给我的印象减分。

然而事实是，她说了很长时间后，停了下来，问，你怎么不说话？

我尴尬地笑着，听你说啊。

沉默了一会儿。

你觉得意意怎么样？她突然问我。

挺好的啊。我尝试用一个完整的句子给出一个评价，可是却发觉连几个基本的形容词也找不到。

他真的很热爱摇滚吗？

这一点我可以确定，我傻傻地说，和我一样热爱。

十

去看崔健的演唱会吧，意意吞炒面的时候突然说。

崔健是什么玩意？我装作很弱智的样子满足一下意意的虚荣心。

这你都不懂。中国摇滚的先驱啊，当年老崔在百人百曲音乐会上吼了一首《一无所有》，你知道这具有什么样的意义吗？

啥意义？我继续装傻。

是中国摇滚第一次登上世界舞台。

这样的啊。我似乎从 Kitty 那学会了这句话。不过，意意的虚荣心还是得到了很好的满足。

都是 Melody 教你的吧，说得那么学术，还"第一次登上世界舞台"类，搞得像历史课一样，你看你，Linkin 的歌词早就忘光了吧，我顿了顿，露出一脸坏笑，嘿嘿嘿，你们两个……

意意的脸上全然是中计的酸味，她是老师！不过我从她那里真的学到蛮多东西，后来我才知道她是个真正的摇滚迷，太专业了，这两天她在帮我补习朋克……意意似乎忘记了主题。

你这是在上音乐家教补习班啊，还补习朋克呢，什么时候让 Melody 搞张摇滚四六级考卷，真是的。我打断了他冗长的叙述。

意意白了我一眼说，你怎么就那么粗呢？算了，不搞了，我就问你，去不去？

我顺理成章地回答道，意意开口能不答应吗？

我把去看崔健演唱会的事告诉了 Kitty，原本只是想炫耀一下自己去看摇滚现场这个事实。

她打断了我兴高采烈的语气，说：带我一起去。

我那时并未想太多，但心底的一阵暗喜倒是让我心跳加速。

一起去现场？很吵的，你要听？我努力镇定自己的声线，口是心非地挤出几个字。

她答非所问，怎么买到票？

我还是犹豫了两秒钟，想到毕竟意意和 Kitty 没见过面，可能会很尴尬。

然而犹豫只持续了两秒。

好吧，我帮你订，对了，还有，意意也一起去的，我小心翼翼地补充道。

嗯，我知道。她简单地说完了这几个字后就挂了电话。

十一

我们约好先在学校集合，是我做的决定，因为路上大家可以互相熟络起来。不知怎么，我一直抵触和意意说 Kitty，即使是他问起，我也只是用"嗯啊"之类的蒙混过关，这次也一样。

我很早就等在那里，意意一会儿就来了。

怎么不走？他问。

等人。我用故作镇静的语气回答。

谁啊？你怎么没和我说要带人去。他一脸不解。我不知道该怎么开口说是 Kitty。

不会是 Kitty 吧？他提高了声音问。

我记得曾经在意意面前说漏嘴过，所以意意知道有 Kitty 这样一个名字，而且也知道我和 Kitty 之间平时联系很多，但是他们两个之间却是素未谋面。

我依旧不做答。于是我们两个人一直沉默在学校门口。

五分钟后 Kitty 来了，一件绿色 tank-top 配上简约的细筒牛仔裤，有一股很清爽的味道，脸上化着淡妆，好像有所准备的样子。

你可以的嘛！意意捶了捶我，拍拖了都不和兄弟讲一声，我是不是要喊大嫂啊？

我没有理会意意，伸出了右手招呼 Kitty。

Kitty 却径直朝意意的方向走去。

在我惊讶和尴尬的时候，Kitty 用认识我的方式，正是那种很朴素的语气，认识了意意。

我们坐巴士去的演唱会。路上，我发觉我之前的多虑果然可笑，意意和 Kitty 很顺理成章地攀谈起来，那些我和 Kitty 讨论过的话题在我耳边换了一个男声重复起来。

我插不上话，一个人望着车窗外的风景。

而他们却时常会停下来，问我，喂，到了吗？

还早，我心不在焉地说。

七点半，老崔扛着他那把电吉他登台，接着便是那首意意口中"震惊全世界"的《一无所有》。

现场逐渐热闹起来，人群挥舞着自己的手臂，用力跟着节奏摆动，摇滚的现场就是这样，凳子往往都是虚设，听 Melody 说，国外的朋克演唱会，观众会自发的 Pogo，就是围成一圈旋转，像土著人庆祝篝火一般。

我尝试让自己陶醉在崔健的嗓音里，陶醉在鼓点的雨中，陶醉在电吉他的嘶吼里，可我做不到。

我跟着节奏甩头，想把那些困扰我的思绪甩掉。

我曾经问个不休 你何时跟我走

可你却总是笑我 一无所有

我要给你我的追求 还有我的自由

可你却总是笑我 一无所有

一无所有，这个词很符合我那个时候的情绪。在人群的躁动中，我逐渐和 Kitty、意意分开。

此刻的意意和 Kitty 正坐在远端的草坪上，老崔的演唱会开在了公园里，有点音乐节的味道，这是摇滚演唱会惯用的场地。

Kitty 依偎在意意的怀里。

前五分钟 Kitty 刚完成了表白，脸还是红的，不过意意很老练地把她搂在怀里。

你说，我们这样是不是很对不起……Kitty 眨着眼睛，一边手指着我一边装可爱。

没有什么对不起的，意意笑着做答。

也许吧。Kitty 说。

原来很多事情我都是局外人，Kitty 在认识我之前早已经和意意有所接触，意意也在那群女生中只对她有些好感，而我只是一个牵线搭桥的人罢了，只是作为一个局外人却倾泻了过多的情绪。

十二

我和意意产生了隔阂，在一瞬间，我突然有那时候柳树的感觉，一下子不知道该怎么面对意意。

那段时间我常一个人去 Melody 那，只是想多接触更多种类的摇滚，也许当我"一无所有"的时候，就只剩下摇滚了。

Melody 很乐意和我说这些，所以每次去的时候都会推荐我几张 CD。

她推荐的 CD 往往在那个曾经买 Linkin 的音像店无从找寻。我问

Melody，你都是怎么搞到这些 CD 的？

她突然换了一种很神秘的表情，回答得简单干脆，淘。

第一次淘碟是和 Melody 一起去的，也是我第一次去 2046。

2046 是王家卫的电影，也是一家唱片店，是确确实实的唱片店，而不是音像店，从店主开始就显出不一样的气质。

店主是一个古典的摇滚青年，披着一头长发，是当年唐朝乐队的经典发型，喜欢抽红双喜，脸上有着过于老成的沧桑。

Melody 进门的时候和店主打了招呼，顺便迸出了几个英文单词，我知道那是乐队的名字，只是从未听过。店主沧桑的脸上带着成熟的笑意，拿出几张 CD 放在一边，我猜想，这应该是店主给 Melody 留的 CD。

进去挑。Melody 拉了拉我。

2046 的 CD 架不高，正好我可以全部够得到，CD 架上的一般都是些比较大牌，或者买的人比较多的 CD。

Melody 直接忽略了这些。

我随 Melody 进了 2046 内置的小屋，里面有些灰尘，可能多是熟客，人不多。

店主利索地拿出几箱 CD，说，自己挑。

我对这种挑 CD 的方式感到很新奇，突然觉得"淘"这个动词果然很形象。正在我想这些的时候，Melody 已经拿来小板凳，坐着在箱子里翻起了 CD。

你 CD 机带了吗？ Melody 抬起头问。

我把 CD 机递给她。

她取出一张碟，然后戴上耳麦。我有些不解，问，这是干吗？

听啊，傻小子。我反应过来，笑了，蹲下来开始试探着在箱子里找寻。

我和 Melody 两个人就这样在 2046 淘了一个下午，夏末的午后总有些昏昏沉沉的味道，而这味道却奇异地混杂在我翻过的一张张

CD 里。

Melody 满载而归，我却两手空空，因为在那几大箱 CD 盒子里，有太多我未曾听过的乐队，我像是一个迷路人，甚至连路标都找不到。

身上的钱全部借给了 Melody，让她能买更多的 CD，她倒是欣然接受。

返途的 Taxi 上，Melody 问我，是不是很迷茫，我说是啊，她说她第一次去的时候也是一个好朋友带着去的，好朋友是个朋克乐队里的，听得比她还多，她说今天的情形就和那天一样，只不过角色不同而已，Melody 回忆的眼神有些和往常不同。

记住，摇滚有时候也是要讲缘分的。Melody 突然这么说，你知道我后来是怎么摆脱这种迷茫的吗？ Melody 换了种语气，那个时候我看到喜欢的封面就放在 CD 机里听，遇到喜欢的就买下来，所以很多时候遇到喜欢的 CD 完全凭的是缘分。

我点头。

不管怎样，在零用钱宽裕的时候，带着 CD 机去 2046 逐渐成为我的一种习惯，有时候会空手而归，有时候则幸福地拿着喜欢的 CD。

"缘分"这个词被 Melody 诠释得很完美，我这么觉得。

十三

意外的是，那个奇异的午后，我竟然在 2046 碰到了意意。

我是在翻累的时候，抬头发现他的。他和我一样戴着大耳麦，坐在小板凳上翻着 CD，身旁没有人。

他翻 CD 的样子很认真，认真到我不忍心叫他，也许这是我的一个借口，事实是，我不知道该用什么语气和他说话。

在我盯着他的时候，他也发现了我。

四目交汇。

我们两个几乎同时开口。

你先说。我谦让。

没什么。你还好吧？意意的关心很真诚。

我说还好，不过和你比差远了，语气中明显带着挖苦的味道。气氛被我弄得很尴尬。和 Kitty 怎么样？有没有……我突然问。

和她啊，还行吧，不想说她。意意皱了皱眉。

怎么没带她一起来？不知怎么的，我纠结于这个话题。

说过不说她了，说点别的。

那行，说点别的。"说点别的"，我却不知道说什么好，突然想起过去可以和意意一起聊摇滚聊很长时间。

那一刻我仔细地看着意意，观察着他身上的每个细节，找寻着一些时间的痕迹，比如说脸颊上褪去的青春痘和脚上那双朋克味道的新皮靴。

我和意意都不说话，心不在焉地翻着 CD，似乎和意意相遇的每个午后都有充足的阳光，可那天的阳光却让我有些眩晕。

还记得我们的摇滚精神吗？意意突然认真地问，没有看我。

我一下子不知道怎么回答。

摇滚精神这个词似乎有些遥远，但还带着三个人一起吞炒面时的酱油味，还有柳树走时的盛夏味道，以及那时我们是怎样鄙视伪 Linkin 党，又是怎样坚持自己 Linkin。

当我回忆起这些的时候，竟有流泪的冲动。

我过了很长时间，才回答：

记得，永远都记得。

我和意意回到了过去的样子，因为摇滚精神，意意常说他很怀念那段 Linkin 党的日子，柳树和我，还有他自己都很单纯并且可爱。

可我们都变了，他总要补充这句。

意意和 Kitty 还在一起，只不过，后来我才知道，意意从来不和 Kitty 说摇滚，他说，Kitty 和摇滚是他所生活的两个世界，并且这两个世界毫无交集。他说他曾努力过让 Kitty 接受他的音乐，然而却是徒劳，就好比让一个基督徒改变自己的信仰。

和 Kitty 在一起的时候，意意会像变了个人，穿着耐克的板鞋和嘻哈的猎手装，变得和大街上那些在长凳上缠绵的恋人一样，我惊讶于他的这种在一瞬间的改变，他却说，这是他维持这份感情的方式。

十四

这个时候的我和意意，对于摇滚音乐本身的理解，已经让 Melody 很惊讶，有时候，意意甚至会向 Melody 推荐一些后朋克的东西。

Melody 常说，你们都不是当年只知道 Linkin 的傻小子了。

我和意意有着不同的走向，他似乎受了当年"朋克补习班"的影响，一直迷恋朋克，他说这是一种简单的音乐，简单而有力量。而我却喜欢上金属，因为金属是摇滚中最为学术的一种，也是技巧性最浓的一种，虽然很多时候并不入耳。

意意在闲暇的时候学会了贝司，而我则学会了电吉他，凭着对摇滚的热爱，我们进步很快。

果然，意意和我想的一样，组一个乐队。

我们把这个想法告诉了 Melody，她很兴奋。

你们真的要搞乐队？ Melody 似乎不太愿意相信这个事实。

是啊，而且要做摇滚，我们现在技术都还不太行，先从朋克做起。意意很认真地说。

天那，其实这也是我的一个梦想。Melody 换了种憧憬的眼神，我把音乐教室给你们排练，五楼有一个空的，对了，起码还有鼓手吧？

我和意意面面相觑。

嘿嘿，这里就有！接着，Melody 很兴奋地和我们说，她在音乐学院选修的就是打击乐。

主唱呢？我突然想到这个问题。

要是柳树在就好了。意意突然说。

最后我们还是决定让意意兼主唱，Melody 说，他的嗓音有一些迷幻乐的味道。

我原本提议让音感很好的 Kitty 做主唱，却被意意没有理由地驳回。

我和意意一致决定乐队的名字就叫 Melody，而 Melody 自己却说太俗，一点气势也没有，不像做摇滚的，然而少数服从多数，乐队的名字就这样定了下来。

Melody 成立之后，我们开始了紧张的排练，那个时候市里有地下乐队的比赛，虽然有点选秀的味道，但是 Melody 觉得是个证明自己的机会，于是就报名了。

Melody 的鼓毕竟是科班出身，虽然有些学院派的味道，但是敲得很干净，很稳，不像我和意意，刚刚接触乐器，节奏总是容易犯错。

不过意意说，这些都是次要的，他说他在每一次拨弦的时候，就好像是对摇滚的一次膜拜，我并未上升到他这样的高度，只是在这个过程中很享受。

Melody 敲到累的时候，常常会停下来，然后傻笑。

你还记得我和你说过的那个"好朋友"吗？第一次带你去 2046 的时候和你说的，她突然问我。

记忆中似乎有些印象，那个，也是玩摇滚的？我试探着问。

Melody 点头，不说话，零散地敲了几个随性的鼓点。

我和意意回头看她。

我觉得我在你们面前都不是老师了，她突然大叫起来，这种事情都和你们说。

我和意意异口同声说，早就不是了。

她的摇滚精神就是那个人给的，那个人曾经对她说，摇滚是他身体里最真实的声音。

十五

《梦碎大街》。

我们排练的曲子，从技术的角度来说，很简单。意意选的歌，Greenday 的朋克意意一直很喜欢。

一个月后，我们就排练得很像样了。

意意的嗓音很适合这首歌的情绪，就像在大街上游走般的放逐，飘忽不定，总让人感觉他在唱自己的故事。

比赛如期而至，在国定路上一家叫 HR 的小酒吧里。

那天晚上的空气格外干净，也许是因为我的紧张让我大口大口地呼吸。Melody 在去酒吧的路上说着笑话，以此来缓解我的紧张，那天她打扮得很朋克，穿着打孔的牛仔裤，我嘲笑她，你学艾薇儿啊？

艾薇儿可不是音乐老师，Melody 笑着回答，帮我扶了扶肩上斜着的琴包。

意意戴着大耳麦，一语不发。

和我们一起去的还有 Kitty，意意说，他答应过让她看到他弹贝司的样子。

推开 HR 的门，一股熟悉的声浪迎面而来，Linkin Park 的老专辑，依旧是熟悉的嘶吼，却让我找到了温馨的归属感。

来参加比赛的大概有七八个乐队，说实话，大家都不看重结果，交朋友是主要的。Melody 和酒吧老板打了招呼，我们便放下背着的琴包，开始调音。

其间有其他乐队的主唱或者领队来和我们交流，随便聊聊各自喜欢的摇滚，喜欢的风格和乐队，这种交流就好像在前行的路上找到了伙伴一样。

一个比赛的负责人过来说，这里有一两个乐队的技术很好的，是弹速度金属的，风格很硬朗，你们好好学习学习，我连忙点头。

我在 HR 里放得很开，一会儿就交到不少朋友。

意意在一旁一声不响地调着弦，Kitty 在旁边，同样一言不发。Melody 和酒吧老板谈得很开心，老板递了烟给 Melody，一脸的讨好，却被 Melody 挡开。

半个小时后，比赛开始了。

这是一场摇滚的盛宴，主持人说。

意意笑了笑，摇头。

我们是第二个乐队，先上去的那个是极端金属，那个主唱长得很抽象，化着很浓的哥特妆，吉他手的技术很好，华丽的高速点弦被他运用得炉火纯青。

全场开始一致地敬金属礼，这是金属中特有的一种礼节，在金属演唱会上，这是对乐手最高的致敬。

曲子的后半部分变成了吉他手的个人演出，不停的琶音点弦泛音，像燃烧的火焰雨，撒入跳动的人群。

曲终的时候所有人都很兴奋，再次随着节拍敬金属礼，我和意意对这乐队的技术目瞪口呆。

真挑衅啊……

在我还在感叹的时候，就轮到我们上场了。

我们的看点似乎是 Melody。

Melody!Melody!Melody！我以为这是喊我们乐队的名字，然而事实上，所有人的眼光都集中在我们漂亮的 Melody 身上。

在刚刚短短的半个小时里，Melody 的名字就已经传遍了酒吧，毕竟一个女生做摇滚乐队的鼓手还是不多见的，更何况是漂亮的 Melody。

Melody 开始打一些预备鼓点，让全场安静下来。

我和意意说好了在第五个小节一起进去，意意似乎有些开小差，在第五小节的时候慢了一拍，让我们一开始节奏就有点错位，不过 Melody 反应很快，调整了一下后一切正常。

第八个小节的时候，意意拉开了嗓子，也许是刚才一直没有说话，嗓子有一些粘。

我给了意意一个疑惑的眼神。

在十几个小节过后，我进入了状态，随着 Melody 的鼓点开始前后摆动起来。

进副歌的时候人群终于有了呼应，大家甩着手，和我们的节奏一起摆动。

意意的声音总是和平时不太一样。

我用余光在人群中搜寻 Kitty，以为是他们之间出了什么事，却看到 Kitty 很兴奋地随着人群跳动，眼神中分明是幸福的模样。

我预感将要发生什么。

唱到第二遍副歌的时候，意意的嗓音戛然而至，贝司掉在地上，伴着音箱震人耳膜的嚣叫。

人群一下子愣了，我和 Melody 更加不知所措，Kitty 竟一下子哭了出来。

意意冲下台去。

是柳树。

柳树口中叼着烟，穿着黑色的皮质夹克，披着长发，我花了很长时间才认出他。

我来看你了啊，弹得还蛮不错嘛，怎么不继续啊，柳树把烟圈喷到意意脸上。

意意从上到下看了看柳树。

这就是你的摇滚精神？意意的话中不带任何的语气。

Kitty 冲到了意意身旁，靠住了意意。

又交女朋友了？呵，那么多年你还是这副德行啊。柳树把烟灰弹在意意身上。

意意不说话。

你还记得你说过的话吗？柳树半眯上眼。

不记得。

摇滚是不能当饭吃的啊。柳树吼了出来，甩门，离开。

十六

直到那一天我才知道柳树的突然离开，听意意说，是柳树本来的女朋友喜欢上了他，那个女孩说意意有摇滚气质，而柳树没有，像小混混，女孩的这个解释似乎有些荒唐，但无论怎样的解释，结果却是一样的。

柳树曾经想过不和意意闹翻，让时间来磨平一切，可是他却做不到，最后选择了离开，无声无息的。

离开我们之后，柳树就没再读过书，一开始只是在家里无所事事，后来便成天在酒吧里和一些很"朋克"的人混在一起，一直酗酒。

柳树在比赛前一天意外地和意意在 HR 相遇了，意意只是被我们派去看一下舞台，却没想到在酒吧的一个角落里找到了柳树。

那天柳树喝了很多，桌上堆着青岛的酒瓶子，柳树看到意意的时候，大笑说，你终于来认错啦。

意意看到柳树的样子就愣了，你怎么变成这样？

我本来就是这样，去你妈的，你要我怎么样啊，哈哈……柳树笑得很惨淡。

意意走的时候给柳树一个响亮的耳光，在众人的眼光下，离开的时候，听到 HR 里敲酒瓶子的声音。

十七

那年的冬天居然下雪了，在这个少雪的城市里。

我和意意拍了拍积在琴包上的积雪，各自走着，戴着曾经流行的大耳麦。

去看柳树吗？

不了，意意说。

柳树后来一直过得很惨淡，整天在酒精中麻醉自己的青春，我和意意后来找过他几次，只是每次都看到他烂醉的模样，便无从开口。

我单独遇见过柳树，去 HR 玩票的时候。

说了一通大道理，一直重复那些励志的字眼，虽然知道是徒劳。

柳树对我并没有太多的敌意。他打断了我，突然说：

你过的，好吗？柳树半睁着眼看着我，像个小孩。

我抑制不住，眼泪婆娑。

临走的时候，我拍了拍他的肩膀。

他拉住我说，我曾经想过要回来，可我已经回不来了。

Kitty 和意意最终还是分手了，这似乎是我意料之中的，意意支撑了很久，然而柳树的出现给他的打击似乎过于沉重。

分手那天，我也在场，Kitty 没有流泪，她笑着说，还能做朋友的，没关系的，意意也说，嗯，做朋友，依旧用他在 Kitty 面前习惯的语气，直到他已经不需要维护这份感情的时候。

Kitty 就这样消失了，似乎过去的很长时间都是一种束缚。

我和意意都因为升学考试忙了起来，意意说的是对的，摇滚是不能当饭吃的。

Melody 带着她的鼓棒北上了，她说她还是不习惯做音乐老师。

我笑着说，是管不住学生吧？

她笑着说，也许吧。

意意变得不太爱说话，常常一个人戴着耳麦做着习题，我已经没有那种冲动去扯他的耳麦了。

十八

九月份，Linkin 来上海开演唱会了。

意意找到了我，带着票。

整个演唱会我和意意像是局外人。

结束之后，意意哭了。

他说，我们的 Linkin 党，真的没有了。

还有我们的摇滚精神，我说。

尾声

回忆到了此处变断流了。

CD 机的激光头归位时发出清脆的声音，我做完了件过去常做的事，完整地听完了那张《流星圣殿》。

意意和我都考上了不错的学校，这个结局对我们都好。

我还是常去 2046，在店口的时候站很长时间，想起 Melody 的漂亮模样，以及我们的 Melody，还有同样 Melody 的摇滚日子。

作者简介
FEIYANG

朱戈，1990 年 5 月生于上海。自幼学习钢琴，但至今未在等级考试中有所收获，十五岁受国内动漫影响喜欢上吉他。曾就读于上海某重点中学，在高考路上迷茫着前进。（第十届新概念作文大赛二等奖）

第2章

双生花

我以为我们是永恒，所以不知道珍惜。可是流动的会凝固，凝固的会干涸，我们再也回不去原地

双生花 ◎文/张希希

走进新教室的第一眼便看见蒙蒙。

穿浅咖啡底色的短袖衬衣，有米黄的细条纹格子。款式简单的牛仔裤，深蓝，膝盖磨得泛白。短发，发质柔软，在阳光中有微微的黄色。塑料框的眼镜，遮住大半张面孔，极白皙。

我叫蒙蒙，她说。

是再简短不过的自我介绍，她声音轻快细腻，气息柔软，真好听。

课外活动的时间我只去图书馆。

虽然只有一间不算宽阔的大厅，整齐围住四面书架。但是还是足够我认真消磨半个小时光阴，心满意足，心满意足抱着心心念念的杜拉斯。

人，总是少。南面墙上的玻璃窗一直悉数打开，是可以完全展开的铁框架的窗，用钩固定。轻微的风穿过来，柔和而又温存的，如同呼吸。阳光落进来，打在微微泛黄的书页上。远处飘来操场上拍打篮球的撞击声和兴奋的呐喊声，模糊的氤氲，巨大的空旷及安静。

这些时光里总遇见蒙蒙，蜷在角落里，眉眼低垂，有不能言说的宁静。手里的书，总是我亦欢喜的。

于是开始结伴一道去。从教室出来穿过长长的深深的林阴道，经过高高的大大的实验楼，站在旧旧的三层楼的图书馆面前相视一笑，拉着手共同走进去。墙面粉绿色的油漆已经剥落大半，但依旧有美好的轮廓。下雨的时候把小说小心翼翼藏进怀里，紧紧挽住对方的胳膊，脚步噼里啪啦，一口气也不肯停地跑回教室去。

虽然一个是爱说爱笑的模样，另一个恬静安宁，但是这并不能掩盖我和蒙蒙在本质上那些深入骨髓的相似。一样的嗜书如命，一样的喜欢清澈或者疯狂的音乐；一样抱着环游世界的梦想，甚至只是一样钟情同品牌同口味的巧克力。亦一样的严厉的母亲，期中考试的成绩出来，一样的名次和成绩。

临近新年的时候班主任怕影响功课，明令禁止大家赠送贺年片。还是和蒙蒙相互准备了精心挑选的卡片和祝福的话语，有精致的图案和明亮的颜色。放学后溜进厕所里紧张地偷偷交换，满脸隐秘后望着对方终于忍不住"扑哧"大笑出声来。

任何地方都要一起去才安心。挟着书本到实验室上课，周末参加辅导班同坐一张桌。甚至只是去到厕所，也要两个人牢牢捉住手臂，亲亲热热一道去，有如双生。私底下交换小虎队的录音带，听他们唱"把你的心我的心穿一穿，穿一株同心草，穿一个同心圆"。

时光无限，风淡云清。

我们一同参加学校的文学社，一同策划一本小说。于是毫不迟疑准备了精致的笔记本，一个人写到卡住，便传给另一个人继续。我和蒙蒙果真呼吸相通，太了解对方，所以没有阻碍的顺畅。这真是美好的工程，年轻的孩子满怀无限信心，认真开始，亦坚定不移，以为会有最好的结局。

周末煲漫长的电话粥，交换读书的心得，电影的观感，以及形形色色的八卦。甜蜜的两个姑娘，话怎么也说不完。慢悠悠，晃荡荡，蔓延到月亮里去。

两个人等待实验课考试的间隙也要悄悄跑出去，在校门口的小摊分享一碗鸭血粉丝汤，香菜末辣椒油，把筋道的山芋粉丝吸得"呼溜呼溜"作响，吃到满头汗水。炸年糕和香蕉，金灿灿黄澄澄，满手是油，互相望着对方脏兮兮的一张脸，开怀大笑，大笑开怀。

历史考试照旧只半个小时就完成了。我从讲台交了卷子下来的时候给了蒙蒙一个眼色，她便很快也交了卷子，跟在我身后出教室。我们拉着手，在操场边的看台上坐下。无限寂静。偌大的操场只有几个少年在正中央的草坪上奋力拨弄一只足球。年老的花匠拉长水管"哗哗"浇灌看台边的灌木。没有人声。明红的夕阳坠在天边，四处云彩晕开一片昏黄，偶尔有飞鸟掠过的痕迹。

"景和！"蒙蒙突然叫了起来，虽然依旧轻而且细，操场上那个少年还是停了下来，往我们这边看一眼，便走过来。

风，很轻。

水管的水声哗啦哗啦，好像离我千里之外。

四周景象被夕阳染遍，逐渐模糊。

少年高，而且瘦。表情温和。有一张极俊朗的面孔，五官清晰如刀削刻。他笑的时候嘴角微微上扬，划出非常好看的弧度。

他的微笑挟带风，无知觉地划过我的心上。

静。

听得见呼吸的声音。

气流交错。

心跳，停止了。

原来这就是景和。

景和景和，我曾经无数次在蒙蒙闪动的眸子里听见这个名字。是蒙蒙在市少年围棋队的师兄，同校，高两级。景和棋艺极高，天性温良。若是去到外地比赛，总是认真照顾蒙蒙，悉心尽力。蒙蒙言语里，最最关心她照顾她体恤她的师兄景和。

就此认识景和。每每在晴好的午后在校门口遇见景和，他总是对我微笑。景和喜欢灰蓝相间条纹的衬衣，米色长裤，洁白的球鞋。景和总是背着一只黑色的书包，大大的 Nike 的 Logo，山地车是亮眼的明黄色。景和的声音温柔，低低的厚厚的，带一点感性的沙哑。

微风拂起他的头发，半长的，耷拉在额角，挟带空气里淡淡的青涩的树木香气，被阳光熏出的热量，水分散失。我失去呼吸力气。蒙蒙，我的心情，一定是你所感受到的吧，蒙蒙，你是不是也会在他面前，停顿，静止。

毫无预兆的，那一日景和走在我身边，"周末陪我一道去新华书店吧，我要买几本新棋谱，过些日子就要比赛了。"他声音自然，语气里有着平静的波澜不惊。

我不曾记得如何回答，只是头脑空白。

回到教室，蒙蒙正在座位上写作业。看见我来，她亲热地跑过来，说，我接到新赛事的通知，又要准备了。真好，又可以与师兄一起玩。记得去年在南京比赛的间隙我们一道去逛夫子庙，吃到的兰花豆真是美味无比。还有那个臭豆腐，好香呢。你不知那晚我们多开心，几乎玩足通宵。这次比赛一定要再和师兄去一趟。你等着，我带一份回来给你哦。

我望着蒙蒙的脸，细小的绒毛在光线里有金色的光泽。她笑容灿烂如花朵盛开，表情里有着少有的舒展和幸福。我羞赧，为着和景和私下的约定而无地自容。蒙蒙。

可是那个周末我还是去了，与景和一起。我们说起蒙蒙，蒙蒙是我们最小的师妹，又那么柔弱，所以我们几个大的自然都比较关照她。他说，表情淡然，有着对待孩子的宠溺。我为蒙蒙难过起来，可是居然暗自松了一口气，如释重负般的。

这之后我和景和开始有不定期的约会，虽然只是一道去图书馆或者新华书店。两个人的座位隔开一个人的位置，走在路上也保持着一米开外的距离，努力步调一致。虽然什么都没有说过，两个人的表情都竭力做出平常心，这样的约会还是让我的内疚感越来越深重。尤其是在面对蒙蒙，听她一遍遍说起景和的神采奕奕的时候，我的心，被狠狠地揪起来，又抛下去。

蒙蒙，我们是双生的花朵啊。你的心情，我明白。如果你受到伤害，我亦会明白，那是如何的杀伤力。

在去比赛的前日，体育课。我们拉成长长的队伍排在树木的影子下面做课前热身操。蒙蒙紧紧贴住我站着，忽然转颜对我笑，那笑容好像是春天刚开始的模样，甜美多汁的果实。

我决定这次要告诉师兄一件事情。

什么？我紧张，心开始不规律乱跳。

哎呀，你知道的嘛。蒙蒙脸色绯红。

我知道什么呀？我装傻。

我，喜欢师兄。蒙蒙说，眼光不安地看着我，有点手足无措的样子。你说，师兄是不是也喜欢我呢？

也，也许吧。我的心疼起来，好像被人用力抓住。蒙蒙，你很喜欢他吗？

当然了。蒙蒙的眼睛明亮。我有一次在宾馆里面生病，他为我倒好水配好药，一天三顿监督我吃，再没有比他对我更好更细心的人了。

应该是在瞬间就做出的决定，没有迟疑的。我对蒙蒙露出微笑，亲爱的，你不要害怕。既然喜欢他，就说出来吧。我是支持你的，永远支持你，并且，爱你。

当晚就把景和叫了出来。

我们站在他家楼下，高高的楼房投下巨大的黑影，路灯昏黄，打在地上拖出长长的阴暗，微微燥热。我第一次如此认真而仔细地望向景和，没有躲闪的目光。走过的路人好奇地看着我们，没有任何顾忌。

景和似乎明白我要说什么，抢先开口。

不要。我确定我要的是什么。

你和蒙蒙不一样，你比她明朗。和你在一起我觉得很愉快，很放松，也很平等。

一直以来我都把蒙蒙当作妹妹，再没有别的。我喜欢你，你知道吗？

似乎是一个世纪的沉默，漫长的空白。

很久才能稳住自己的情绪，我望着他，许久，才说，我知道。

哽咽，不能发声。

可是，蒙蒙喜欢你，你不仅仅是她的哥哥。你不知道，我和蒙蒙是一样的，我们是双生的花朵，我们有一颗心，相同的心。我很爱蒙蒙，我再也不会遇见这样的女孩，与我有相通的呼吸。蒙蒙脆弱无辜，所以请你不要伤害她。如果你伤害到她，便是伤害到我。我绝对不要看见她难过。我，从来只是把你当蒙蒙的师兄看待而已。我钦佩你，如此而已。

决绝离开，没有回转身。我害怕景和看见，我终于还是，忍不住掉下了眼泪。

景和，虽然第一次看见就喜欢的少年，但是我想蒙蒙对我来说还是更重要的吧。

至少在那一刻，我如此以为。

蒙蒙比赛回来的时候整个人脱胎换骨。

恋爱中的女孩子很容易就看得出来，那种焕发出来的神色飞扬，平增无限妩媚。

因为和景和的恋爱，蒙蒙与我在一起的时间逐渐减少。

话里总是景和如何，多少小小的甜蜜幸福，紧紧缠绕。

写了一半的小说,自然也停掉。因为蒙蒙需要时间去写给景和的情书。

我一个人走在校园里,看见树木在微风里摇晃,在我身上投下斜斜的影子。我听见花朵在缓慢打开,带着时光流过的声音。有时候我抬头张望,被阳光刺伤,睁不开眼睛。我看见景和同蒙蒙,手腕上系着同样的红色绳子。

景和。我回避他,回避他那些眼神,有伤害,亦有痛心。我想只要有蒙蒙的笑容就足够了。伤害已经造成,就让它过去。我相信时间可以弥补,蒙蒙的美好,亦可以安慰他的伤口,慢慢愈合。

蒙蒙,你是我双生的花朵。只要你幸福,便是我的幸福。我们生长在同一株茎上,分享同样的嫩叶和鲜美的汁液,开出娇艳的两朵花。蒙蒙,当水分流过我们的身体,我们有一样的清澈的呼吸和感应。

蒙蒙,所以你一定要幸福。

那应该也没有过很久,蒙蒙在课间忽然坐到我面前来。

对不起,我们分手了。她说,但是并不看我。景和,只是将我视作妹妹。他喜欢的人,不是我。

蒙蒙……

我早知道他喜欢你,她打断我,仿佛下定足够的勇气和决心。其实我早就在图书馆看见你们。我故意跟你说我要告诉景和我喜欢他。我知道你会放弃。但是现在我才明白,即使我和他在一起,也没有任何意义。对不起。

有巨大的眩晕向我袭来,我望着蒙蒙,看她嘴唇张合,而我身处空旷之中,茫然。

蒙蒙,我一直以为我们是双生花。

蒙蒙,我终于还是失去了你。

毕业那天我们到学校去拍集体照,热。蝉鸣的声音一直持续。从凳子上下来的时候大家都满是疲倦，浑身汗水和僵持的表情。

蒙蒙走到我身边来，悄无声息地将一本粉色的纪念册塞到我手里，表情安静，眼眉低垂，我看不见她的眼睛。

我以为蝴蝶可以飞过沧海，但是心有余，力不足。

我以为伤害可以忘记，但是印记留下就擦不掉，洗不去。

我以为可以轻易原谅，我以为我们可以好好回去从前。

我以为我们是永恒，所以不知道珍惜。

可是流动的会凝固，凝固的会干涸，

我们再也回不去原地。

我只能希望，如果我可以。

请为我召唤守护你幸福的青鸟，

永远在你身边。

替代我的呼吸。

作者简介
FEIYANG

张希希，非典型的摩羯女。喜欢读书，喜欢绘画。相信在成长的过程里，任何璀璨都只是一笔带过。喜欢清澈的电影，希望可以分享的文字。喜静，亦喜动。（第八届新概念作文大赛二等奖，第十届新概念作文大赛二等奖。）

小子，小子 ◎文/刘雯

聚散苦匆匆，此恨无穷。今年花胜去年红，可惜明年花更好，知与谁同？

——谨以此文献给一个比阳光更加耀眼的男孩，并祝他，生日快乐，一切都好。

春天撩开蕾丝的面纱真真实实降临的时候，冬拖着疲惫的身躯黯然离去。人们都说,这个季节的阳光很灼人,这个季节的微风太煽情。

某个人喜欢春天，另一个人眷恋冬季。某个人说，为什么春天不能和冬天一直一起呢？另一个人笑，我们的生命每天、每刻、每秒都上演着这样的不可改变、让人无可奈何的无可奈何，需要理由吗？不，这是上帝的事，我们只能甘心承受；那么可以反抗吗？不，说了只能承受。

天色浑浊不堪，像是打翻了的调色盘，树枝摇摆着，振幅很小，零星的几只小鸟缩着头站在上面，很安然。经历了一些事情，思考了一些东西，想念了某个人，雨季就来了。你说，我们能不能适当地逃避下这世俗中恼人的悲欢离合？你说，这个世界上除了不能控制自己的思想还有什么更让人悲伤？你说，如果我们真的愤俗，又怎么还会为了世俗中的世俗之事潸然泪下？

最近这里的天气总是阴霾，所以到了晚上，天空都是怪怪的，一大片的似亮非亮，好像极光的余辉。明和暗没有明显的界限，枯树的枝丫一条条细细地用力向上延伸。我漫步其中，拖着对你厚重的眷恋。

看了一首你写的诗，就喜欢上了那种淡淡凄楚而支撑着希望的感觉。你把自己写成一个疲惫的跋涉者，把生命中所有的人和事都看作是你枯燥路途中迷人的风景。我沉默了，因为知道自己最终在你心里的归宿也只能是一场风景。你笑了，因为终于有人读懂了你的诗。我小心翼翼地问是不是可以借回家看，你点头应允。我翻箱倒柜找出自己封存了很久的写诗的本子，异常仔细地留下你的句子，自己的眼泪。那个夜晚，充斥着思念。

我明白自己看着你是一种怎样的心情，所以总是强迫自己对你保持距离，是太怕丧失一种曼妙的感觉，太怕珍藏不住一种纯粹的眷恋。

看着你的笑容，我会不由自主地想到世上一切美好的事物：巍巍天上千尺积雪中傲然独存的那一支雪莲，深深静夜广阔苍穹中亲切可人的那一轮明月，悠悠海面万里波澜下悄悄孕育的那一颗珍珠……当我可以静静感受着你的时候，便觉得是一种幸福了。

没错，在我的眼中，你确是这样的完美无暇。

小子，或许你真的很可爱，很直率，可这些都不是成为我欣赏你、赞美你、钦佩你的理由，我最最看中的，是你毫无杂质的微笑和悲伤时突然黯淡下去的目光，是你在球场上运球、传球、接球和投球时一连串洒脱的身影，是你读到黛玉葬花时温柔的神情……

怪只能怪你资质太高，总有比别人更深一层地顿悟，所以我总喜欢缠着你说一些漫无边际的话题。和你一起杂侃，好像世界只剩下了春天，连灼人的阳光都变得柔和。

那天你突然说，可能会被换到一个离我比较远的位置，我才开始细细忖度你在我心中的地位，竟发现我已经无法离开你。你的微笑，你的热情，你的气息，你的不食人间烟火，早已成为了我生命中最灿烂的一部分，拿走了它们就等于抽去了我的灵魂。我说，可不可以不走，你只是笑。我开始使劲地眨眼睛，希望可以把你的一切都像照片一样射进我心里最深的地方，可是你真的太灿烂了，它们通通曝了光。

离开的日子真的到来得好快，我茫然得像一只受惊的兔子，静静地看着你，竟无语凝噎。你依旧望着我笑，我的视线渐渐朦胧，虽然我比你更不愿意这样。你突然把目光黯淡了下去，趴在桌上，轻轻地说了句："孩子，看开点。"我转过身不再看你的时候，泪水沾湿了一片。

一切的一切都显得那么安静，像云朵流过天际，悄无声息。凝固的画面上残留下来的却是村庄和原本美好与恬静的一切被无情地笼罩在一片浓浓的硝烟中，让人心如刀绞。

泪水，渐渐划过悲伤的脸颊，随风飘落的树叶，共同湿润了这个快要枯萎的季节。

She didn't have any choice but to wait for him.

和煦的风永远都和煦地吹，只是站在窗前感受它的女孩，已经渐渐模糊了身影。

你离开以后，身后的座位有一段时间一直都是空着的，我把窗帘全部拉开让阳光照进来，内心却依旧冰凉。身后的座位也总是处在一个阴暗的角落等待着什么，看着空荡荡的一片，我的世界一阵坍塌。也就是到了那个时候，我才明白原来我身后从前一直存在的是一个怎样温暖的太阳。

很多东西一旦消失，连痕迹都不会留下，仿佛根本不曾存在过。只有心思纤细的女孩才会总是想起那个比阳光更加耀眼的男孩。

我伸出手就能握住阳光，却深知无法握住温暖。

小子，你一定不知道吧，每次问完你题那些被你划得乱七八糟的稿纸我都一张一张整齐地收着，还不时地拿它们出来安慰自己：我说过我们曾经很好的。

或许是怕你会真真切切地忘了我，或许是怕时间无情地把一切曾经焚烧殆尽，我决定写下一篇关于你的文字，关于我的记忆。

二月初春的清晨，你站在我面前泰然自若地摆弄自己的东西，连名字都不愿说下。这就是我们的相识。那一刻，生命的天平开始倾向我们。

三月柔和的午后，你坐在我身旁认真地研究恼人的动能定理，完全忽视了我的存在。那几秒，我感觉到你的身上有太多跟别人不一样的东西。

四月充满生机的爬山虎下，你挂着满身汗水告诉我要保持怎么样的姿势打篮球才可爱。那几分钟，我眼镜的度数有斜率地升高。

五月妩媚的清风中，你拿着一本《时尚》杂志，顽皮地和我争论哪个模特可以称得上是正点的美女，那几节课，我们被老师骂了 N 次却依旧畅快地笑着。

六月炎炎夏日里，你把运动裤拉到很高的位置向我展示你饱满的腿部肌肉，脸上还不忘略带羞涩，那个下午，我捂着肚子前仰后合。

七月灿烂的阳光下，我们不小心在湍急的路口相遇，你在人潮中被挤得乱七八糟却依旧执著地举起融化着的雪糕引起我的注意，那一幕场景，不论何时想起，我的心中都溢满着快乐。

……

或许真的是聚散苦匆匆，我们之间居然没有八月绚丽的乐章，没关系，这不是谁的错。我们的世界，注定无法拼凑出一个完美的圆。这些都无关紧要，只是从那以后我拒绝再去写一些幼稚的字迹，似乎是在一夜之间成长，当我拿着笔不停地写写划划，一下午都没有扯出一个满意的句子时，我挂着满脸的泪水放下笔，心头一阵无与伦比的悲伤。我将自己重重地摔在床上，却终于没有感到如释重负。

回忆，是生活硬砸进我们软弱心海的巨石，它旋转着，翻滚着，激起阵阵涟漪，并无情地在我们的心上划下一道道深深浅浅的伤口。而最终它们有的沉淀了，有的溶解了，有的必然浮出水面。

The worest to miss someone is to be seated by his side and know you'll never have him.

看不见你的时候，我仰天流泪，你不会懂。

四面楚歌的时候，我想着你就会变得强大，你不会懂。

穿梭在时间的洪流，我心力交瘁，却依旧保持着从容的姿态。璀璨夺目，恣意潇洒，傲岸不屈。这就是一个完整的你，如同一阵彻底的雨，洗刷着世间的尘。

也许，我们只是太过孤单，因为无法掩藏住内心的苦涩，才顿足，彼此诉说与倾听。

可笑，为什么我总是不自觉地悲伤着你的悲伤？可悲，我们永远只能作为形只影单的躯体蜷缩在世界的某一个角落；可惜，当一个角落里的灵魂不小心爱上了另一个角落里萧条的背影却只敢选择守望；可叹，聚散苦匆匆，此恨无穷。

西伯利亚的寒流席卷了整个春天，我的世界，再也无法燃起雄雄的火焰。

伤口，是岁月游走时在你我身上留下的痕迹；伤痛，是成长蜕变过程中每个人都要经历的磨难；微笑，成为了掩饰泪水最虚伪的行为；妥协，是放弃了狂傲、张扬甚至奢求之后，我们唯一做了的事。

夜，静谧地外露着安逸与和谐，其实我们都被世界成功地欺骗了，不信你闻，生活的每一个空隙里都弥漫着呛人的火药味。静谧中隐藏的暗涌，一触即发。

可怜的是我们，再也不能随意地装傻充愣向别人兜售自己的不屑，这是成长必须付出的代价。

喜欢，思念，爱。三个多么耀眼的字节，我们真的需要吗？筋疲力尽的时候，是不需要阳光的滋润的，因为心裂开的口子太大，阳光再长，也终于无法倾泻到底。

有人云：叶子，是不会飞翔的翅膀，翅膀，是落在天上的叶子。那么，我可不可以说：星星，是天空洒落的泪水，泪水，是我们珍藏在心底的，星星……

滴答，是时间流走的绝唱；滴答，是思念溃烂心底的鸣响；滴答，是眼泪摔碎的声音。

你从我面前走过，表情淡然，步履坚定。树和楼的缩影在你的面庞游走，让我更加眷恋。我静静地跟在你的身后，感受着你的气息，希望这条路永远都没有尽头，希望我可以一直保持这样不近不远的距离守望着你，我的太阳。

很用心地记住了《萌芽》里某篇文章里的某段话：分开的岔路口，转向的，不只是人生。青春散场，不小心遗落的碎片，扎伤的，不只是心。思念无果，终于滂沱。

一直喜欢听朴树的《白桦林》，喜欢他像白鸽划过天际时一般沧桑的嗓音。因为他有一张让人心疼的脸，因为他有一双和你一样迷茫的眼睛。

辰说，她听到过一句话，"千帆过尽后，所有的'以后'都会变成'曾经'，受过的伤害，尖锐的疼痛，都会过去的，没什么是不会被遗忘的。"美丽的句子，优雅的残忍。可是，过去的真的都会被遗忘吗？为什么人类总喜欢说一些无关痛痒的话，马中才《我的秀秀姐》里的黄小磊明明说过：要忘记一个人，光忘记名字是不够的。更何况，我根本就不打算忘了你，这样一个剔透的男孩。

某夜，做了一个只有你我的梦：世界突然变成一片没有尽头的废墟，我跌跌撞撞地走进一个破旧的教堂，教堂的那边，站着庄严的你。我狼狈地冲向你，跌倒在你的足下，用力地扯着你的裤角求你带我离开。而你依旧庄严地站着，表情淡定，似乎这个世界上的一切归宿已与你无关。我挣扎着醒过来，月色一贫如洗，惨白，惨白。

小子，活着的确是件很悲惨的事，这一点，你比我明白。我们不得不经历一次又一次痛心的蜕变，一再背离自己当初的信仰，有时甚至忘了，该往哪里走。

那么，如果真的有梦境里那样一天，你会带我离开吗？

街上，空荡荡地回响着刘若英的《知道不知道》，有一种肝肠寸断的错觉。我低着头，轻声酝酿着每一句想要对你说的话，可话还没到嘴边，眼泪就先掉了下来。文字很散，因为心乱了。

夜深的时候，我还是没有回家，因为我一直在思考，什么时候可以像海子一样，做个"幸福的人"。寒风凛冽，我学着你的样子缩手缩脚地徘徊在迷离的霓虹灯下，凄楚彷徨。无疑，那个老人是幸福的，因为他肆意地把玩了自己的人生。

丘比特的箭没有射中你，却射伤了我，我按住血迹斑斑的伤口，丢失在你的身后。

You may only be a person in this world, but for someone you're the world。

我依旧清晰地记得你我聊天时，从不断电的快乐，却遗忘了那些粗糙的调味剂。

我依旧清晰地记得你看我留下的文字时嘴角的触动，却遗忘了那些唯美的句子。

那年那月那风那雨中有人在等，人山人海人潮人浪中醉人的笑声。

作者简介
FEIYANG

刘雯，1988 年出生，新疆人。（第十届新概念作文大赛二等奖）

写给二十年后的自己 ◎文/刘雯

因为日后怕忘记，所以今日要铭记。

丫头，当你看见这些文字的时候，可能你早已没有了年少而轻狂的容颜，你或许已经成为一个成功的作家，因为那是你从小学二年级起一直持续到现在都从未改变过的理想。或者你也可能做着根本就无法真正意义上和文字打交道的事情，因为生活总喜欢和我们开各种各样的玩笑，不是么？不管你在做什么，都请认真地对待它们。任何事，当你决定去做的时候，就失去了抛弃它的理由。

丫头，你要记得，你曾经最喜欢别人叫你"丫头"了，特别是哥哥。对，你有一个哥哥，上网认识的。他是一个优秀的男孩子，有好听的声音，和你一样热爱文字。他会在有时间的时候给你录下长长的录音，然后发邮件给他关心的丫头。你们曾经因为同一个作文比赛去过那个你一直都很想去的城市——上海。（上海一直是你最喜欢的地方，你曾经一度希望可以在上海定居。）但是那个时候你们并不认识对方，所以只好形单影只地独自徘徊在那个繁华的不夜城。华美的霓虹在上海的每条街亮起的时候，你站在黄浦江畔，低着头，吹着风。

你还是一个虔诚的基督徒，会在绝望和无助的时候双手合十，用最严肃的表情把所有的苦楚倾诉给一个叫上帝的老人听，并且坚定地相信他可以听见。那个老人已经居住在你心里十几年，陪伴曾经不断摸索着前行的你闯过了一关又一关。你的确是个忘恩负义的人呢，每次遇到困难的时候都不停地捧着十字架告求，而事后便连谢谢都忘了说，只知道站在岁月的底片中傻傻地笑。

你还很喜欢看星星，你说它们每一颗都那么小，仿佛随时都有可能消失在这浩瀚的苍穹中；它们一闪一闪，似乎脆弱到只能绝望地面对这漆黑中的一切。你说每当看见孤独又无助的它们一次又一次的熄灭亮起，用灵魂深处最后的力量对抗这整片的黑暗时，就好像这次亮起之后它们便会永远地失去下一次亮起的机会，让守望的你每一刻都充满了怜惜和眷恋。多让人感动啊，你曾是个如此善良的孩子。而这善良也让你体会到了生命的厚重，被赋予了太多的内涵。

在上海某地铁的出口处，你曾遇见过一个老奶奶，她正穿着破破的衣服拿着一个脏脏的碗乞讨。一群群冷漠的人经过她的身边时都加快了脚步，奶奶理了理蓬乱的头发，静静地站在那里。几个老外看见的时候随手丢了几个硬币在她的碗里，她就追上去把钱还给了老外，在老外诧异的目光中，老人独自走出很远后抹掉了眼角的泪水。然后，你就走了过去，把身上仅剩的一些零钱都给了她。奶奶悄悄跟了没钱坐地铁回去只好走路的丫头很长一段路程后被你发现。你转身的瞬间，老人笑着说，孩子，好人有好报，真的。你含着泪点点头，那个冬天因为一句话的温度，不再寒冷。

记得么丫头，你最喜欢哭了。下雨了你哭，树叶落了你哭，小鸟死了你哭，和好朋友分开了你也哭……唯独，唯独受了委屈你绝对不哭，你懂得把它们装进心里并在脸上摆出不屑一顾的神气。这都是生活的碾磨和捶打教会你的事，它在你小小的心上早早刻下了深深的印记，看这封信时候的你，大概早就忘记。

还有小时候写作文，你特爱引用冰心的一句话：生命是条奔流不息的河，我们都是那个过河的人。后米你才渐渐明白，原来生活，真的是条奔流不息的河。

　　丫头喜欢读小说，在初二的时候你就读完了许多世界名著，因为觉得不够尽兴，所以开始创作自己的小说。固执的你总认为自己不会向任何事情妥协，可后来生活的日子久了，你才惊叹自己曾错得那么不可原谅，你早已慢慢地，向这个世界妥协。太阳大了我们就改走阴凉地，天气凉了我们就加衣服，看不清楚了我们就戴眼镜，丢失了心爱的东西我们就躲在角落里哭……这些都是我们妥协的方式，我们很清楚反抗没有任何意义，最终伤害到的也只是我们自己。那个时候的你，最喜欢听范玮琪的《最初的梦想》，一般都是在很晚的时候，你挂着 MP3 躲在房间的某个角落安静地听，听着听着就流下泪来。

> 如果骄傲没被现实大海冷冷拍下
> 又怎会懂得要多努力才走得到远方
> 如果梦想不曾坠落悬崖千钧一发
> 又怎会晓得执着的人有隐形翅膀
> ……

　　多棒的句子。
　　你还曾一整天坐在楼下茂盛的草坪里看着天上的白云渐渐飘远，直到消失在你的视线。你在天快黑的时候恍然大悟，原来所有快乐的曾经都是这样悄悄地一点点流失干净，于是你开始拼命地咒骂这恼人的世界，你怪它偷走了你的年华、快乐、真诚，以及微笑的弧度。
　　一度，你和所有的孩子一样，执著地行进在生命的路途中，紧握着被自己视为珍宝的信念，坚定地走着。可是时间推移，你终于明白了并不是所有我们坚守的东西最后都会从属于我们，于是你开始慢慢地割舍，违心地放弃。
　　很多人来了，很多人走了。
　　时间，并不能医治好所有的伤痛，比如失踪的过往，比如那些拼了命努力过却没有任何回报的记忆。

丫头，你有一个很要好的朋友，你叫她 Vena。你们一起吃过雪糕，一起写过小纸条，一起出去旅游，一起感受爱与被爱，一起淋雨，一起过平安夜，一起祷告，一起哭泣……那些记忆对于你将是一辈子的珍藏。你还有两个像复读机一样成天唠唠叨叨的姥姥、姥爷。他们很恩爱，偶尔也会说一些让你跌破眼镜的笑话，让你懂得了爱的可贵。你曾发誓要让他们住进你的海边别墅，要让他们成为世界上最幸福的人。纵然很长一段时间你将离开他们身边，但承诺过的事是不允许改变的。那么这个诺言，今天兑现了没有呢？即使没有，现在的你一定也不会忘记，要加油，多努力哦。

那段随风远去的美好时光，和所有躲进时光罅隙里的悲欢离合，你要永远记得。

你还有些很奇怪的习惯，比如习惯在很多地方写下自己的名字，希望你永远都记得自己是谁；习惯在更多的地方写下更多你曾经爱过的人的名字，希望他们可以在迷失了自己的时候找到回家的路。经常，你会分不清自己在梦中还是在自己的幻想中生活，梦境和虚幻的差别真的模糊得可笑不是么。难过的时候，你喜欢用笔叠加着写下一坨黑团来记录自己的悲伤，是不想让未来的自己再次体会到那种疼痛，又想让未来的自己知道自己曾经疼过。所以，当你看见我的本子一页一页上爬满了黑坨的时候，会感到更加剧烈的疼痛，更加猖狂的灼伤。

而今天，我终于害怕，自己会找不到那条回家的小路。

If life do not give us the right of smile, then , how could we face to the life with smiling?

闭上眼睛，寂寞就四散开来。很多文字，写下的时候并不难过，可回头再看的时候就会莫名地感伤，像被岁月和时光吹打得狼狈不堪的容颜，找不到合适的理由去承受。

我们都是这样，在悲痛欲绝的时候故作坚强地忍住心底所有汹涌的泪水，可当脆弱支撑不住绝望时，才发现，其实早就没了泪水……

可谁会怜惜呢？那些被快乐排斥的寂寞。

丫头，在社会上摸爬滚打的时日久了，人就会变得麻木，变得像根老油条，变得失真，变得懒得去想一些很浅显的道理，这将多么可悲啊。

所以，我要趁现在还没有完全丧失掉对生活的热情以前，把这些你生命中最最珍贵的财富一点一滴地说给你听，以便日后的你能更好地，回忆。

你要记得，就算今后的道路有很多的风霜雨雪，也要勇敢地向前，决不后退。因为曾经有个老人对你说过，好人有好报。而你，一直相信。

青春里的事本来就无关对错，那只是一季花开的时间。只是，面对世事的无常，我们到底还是轻率地选择了遗忘。再回首，已然物是人非，却再也回想不起曾经的海誓山盟。那么，如果有再重来一次的机会，谁还会如曾经一般执著。

站在尘世的寂静中，看一切喧嚣走远。或者孤独，是我们注定的坎坷，叛离的宿命。我们跪倒在基督的面前，谁还会说，心诚，则灵。

夏天，高温的原因使记忆挥发。蒸干的过去，口中义无反顾的坚强，还是那样义无反顾。只是，若干年后的我们，谁也无法保证不会在回望时嘲弄地笑。所以我留下这段真诚的文字给日后的自己，可以，在她笑的时候，静静地解释给她听：曾经有一个女孩……

可惜，曲已终，人已散，纵然我握着温存的甜蜜还久久不愿退场，人生的幕布上散漫的杂乱伤口，却，欲盖弥彰。

作者简介
FEIYANG

刘雯，1988 年出生，新疆人。(第十届新概念作文大赛二等奖)

一个有关于我爱罗的童话 ◎文/马岩龙

今天来讲一个童话，安徒生那样的也好，格林那样的也好，什么样子也不是也好。对童话其实我一直没有一个概念，没有写过也没有读过。但童话既然被人从小说散文之类的里面分类出来了，那它一定该有一个属于自己的概念，遗憾的是我不知道这个概念是什么。我一直想弄明白这个概念，因为我一直想写一个童话，但是一直也没弄明白。三个"一直"导致很可能我今天讲出来的根本就不是一个童话，或者是一个不是童话的童话。谁会知道呢？

其实是和一个女孩子约定好的一起写一个童话，关于我爱罗和蒙古包的童话。如果你觉得我有必要在这里跟你解释一下我爱罗和蒙古包，那我就解释一下。我爱罗是《火影忍者》里面一个很厉害的家伙，也是我钥匙扣上的一个卡通形象；蒙古包是我国北方蒙古族人民为适应放牧生活而搭建的一种帐篷，也是一个蒙古男生送给一个武汉女生的礼物，送这样的礼物的动机不详。那个男生不是我，那个女生就是要和我一起写童话的女生。现在那个蒙古包在我的手上，女生走的时候落在了我这里，现在那个我爱罗在女生手上，女生走的时候我送给了她。蒙古包是那种皮制的小玩物，不是帐篷，从上面可以打开蒙古包的盖子，里面还有另一个一模一样的蒙古包，一个套一个，一共四个，最小的那个盖子打不开。我爱罗是一个钥匙扣，不是火影里面会沙之魔法的那个，由塑料制成，半透明，旁边挂有钥匙若干。

女生走的时候把蒙古包落在了我这里，女生走的时候我把我爱罗送给了她。

女生走了以后我告诉她我爱罗是有魔法的，女生走了以后她告诉我她就在最后一个打不开的蒙古包里面。

然后我们一起约定，要写一个关于我爱罗和蒙古包的童话。据说昨天晚上她已经写完，我还没有去看。

不管怎么说，有约定，总该是好的吧。

我爱罗在一片沙漠之中行走，也许明天他就可以抵达草原，也许永远也不会。

我爱罗是一个钥匙扣，半透明，塑料制成，粗糙的线条。也许它是被某个打瞌睡的工人制造出来的，也许它是从电视里面走出来的成千上万个我爱罗里面的一个，也许它还有很多的兄弟，它们被印在卡片上，被印在 T 恤衫上，或者像它一样被印在塑料的钥匙扣上，然后就大江南北，五湖四海。

我爱罗记得昨天它还在它那个主人的腰上，是一个女生买下了它，送给一个男生，那个男生就成了它的主人，也许她和他是情侣关系，它怎么会知道呢？它陪伴着他度过了很多日子，他把挂在它身上的钥匙送进一个又一个的锁芯里面，转动，喀哒，就打开一把锁。它从众多的钥匙里面垂下来，在空中摇摆，摇摆。是的，它陪伴了他很多日子，它看见他开心，伤心，吃饭，睡觉，甚至是泡女人。

它是怎么离开他的，它记不清楚。好像是他把它丢下来，然后告诉它让它去寻找一个女生，一个也许是住在蒙古包里面的女生。也许他们是情侣关系，我爱罗想。也许不是。

我爱罗想，或许它现在真的是要去寻找那个蒙古包，或许它的主人要的其实不是蒙古包,而是那个住在蒙古包里面的姑娘,或者是那个总把蒙古包带在身上的姑娘,也许她们是一个人。

我爱罗在绿洲里面行走,他身上的那些钥匙叮叮咚咚地碰撞发出金属特有的声响,伴随着他的行走。

我爱罗问他身上的钥匙们:"你们知道草原在哪里吗?"

叮叮当当。叮叮当当。

我爱罗问他们:"你们认识蒙古包吗?"

叮叮当当。叮叮当当。

我爱罗问他们:"你们知道那个住在蒙古包里面的女孩子她叫什么名字吗?"

叮叮当当。叮叮当当。

我爱罗问他们:"你们能帮我找到蒙古包吗?"

叮叮当当。叮叮当当。

我爱罗走到沙漠的边缘,看到那边的一个圆顶大帐篷。他问所有的钥匙:"这个就是蒙古包吗?"

我爱罗离开沙漠的边缘,来到大帐篷跟前,那帐篷要比他高出一头来。

我爱罗问身上的一把黄铜钥匙,它是负责开主人家内门的:"你认识这个吗?它就是蒙古包吗?"

黄铜钥匙不说话。

我爱罗把黄铜钥匙从钥匙扣上取下来,说:"好,那你能打开它吗?"

我爱罗把黄铜钥匙插进蒙古包厚厚的帆布里面去,转动,呲啦。蒙古包就打开了。黄铜钥匙融化掉。

支架蒙古包的帆布被撕扯成两半,瘫在草原上。我爱罗疑惑地看着里面那个一模一样的帐篷,在他面前北风吹得鼓鼓的。只是这一个要比外面的那个矮一些,大概和我爱罗差不多高吧。

我爱罗从身上取下另一把黄铜钥匙,它是负责主人的私人抽屉的,抽屉里面有日记，安全套，情书，禁小说，还有香烟。我爱罗问第二把黄铜钥匙："你能帮我打开这个蒙古包吗？"

我爱罗把第二把黄铜钥匙插进蒙古包厚厚的帆布里面去，转动，呲啦。蒙古包就打开了。第二把黄铜钥匙也迅速融化掉。

蒙古包再次塌陷，我爱罗在轻轻地问："里面有人吗？"

我爱罗低下头，看着身上唯一的一把铝钥匙，它曾经负责打开主人单车上的锁，但是单车现在已经丢掉了。我爱罗说："你可以帮我打开这个蒙古包。"

铝钥匙被插进那个比我爱罗低一头的蒙古包里面，蒙古包塌陷之后也迅速融化掉。

我爱罗取下来各种各样的钥匙，它们曾经负责主人生活的全部，它们曾经被我爱罗拴在了一起，井井有条地打理着主人生活的全部。

它们不断地融化掉，融水在我爱罗和蒙古包的身边流成了一条金黄色的河流。

我爱罗蹲下来，疑惑地看着草丛里那个只有一般锁芯大小的蒙古包在风中摇摆。

我爱罗说："我已经没有钥匙可以打开你了，那么，你就是我要找的蒙古包吗？"

我爱罗说："里面有人在吗？"

我爱罗说："你见过一个总是带着蒙古包的武汉女孩子吗？"

我爱罗说："我的主人在你这里吗？"

我爱罗说："请问，你叫什么名字？我的主人是不是就是要我来找你？"

我爱罗说："你能出来吗？"

我爱罗说："我可以带你走吗？"

我爱罗说："你要跟我一起离开这里吗？"

最后，我爱罗伤心地说："我的钥匙都没有了，它们都被我给弄丢了。我老早就答应它们带他们一起去流浪的。怎么办？"

我爱罗哭着说："你会和我一起私奔么？"

我爱罗说："你出来好不好？"

我爱罗说："我知道你就在里面，你就是要和我的主人一起去旅行的家伙。"

我爱罗说："你为什么不出来让我看看你到底是谁？"

我爱罗说："我一把钥匙也没有了，我打不开你了。"

我爱罗说："你能让我进去吗？"

我爱罗说："你在里面干什么呢？"

我爱罗说："你知道吗？我的主人很伤心，他说他找不到你了。你曾经答应和他一起去大理的。你忘了吗？你忘了吗？你忘了吗？"

我爱罗说："你能不能告诉我怎么才能进去这个蒙古包把你给救出来？"

我爱罗说："你告诉我到底是谁把你关在了这里面？"

我爱罗说："我知道，你也是不想在里面一直待着的吧？你也想出来，你也想去找我的主人，然后让他带你一起跑到一个谁也找不到的地方躲起来的吧？"

我爱罗说："到底我要怎么才能把你从这里面给救出来？"

我爱罗伤心地对自己和眼前的蒙古包说："对不起，我不想背叛我的主人，对不起。对不起，真的对不起。"

我爱罗把自己的身体插进最后一个蒙古包厚厚的帆布里面去，转动，呲啦。

我爱罗就融化掉了。像一把钥匙一样。

我爱罗看见蒙古包里面再也没有蒙古包。

我爱罗看见最后的蒙古包里面什么也没有。没有自己的身体，没有那些融化掉的钥匙，没有随身携带蒙古包的武汉女孩，没有自己的主人。

没有谁要离开，没有谁在哭泣，没有谁和谁的约定，没有盛夏那场义无反顾的私奔。

原来什么都没有，原来什么都可以消失掉。在打开最后一个蒙古包的那一刻，整个世界都可以是一片空白。

只是宝贝，我在想，你是不是真的生我的气了。你明明告诉我你就在最后那一个打不开的蒙古包里的。你说，只要我把最后的那个蒙古包放在耳边，就会听见你在里面对我说，诉说一百个世纪的爱恋。可是我还是没听你的，任性地把你在这个世界上最后的一个容身之地给打开了。是不是因为这样你对我感觉很失望，是不是你很难过，是不是在我打开的那一刻，你头也不回地走掉。

作者简介
FEIYANG

　　马岩龙，笔名莫小七，男，1988 年生于河南新乡。现就读于郑州广播影视学院新闻传媒系，摄影摄像技术专业。(第七、八届新概念作文大赛入围奖，第九届新概念作文大赛二等奖，第十届新概念作文大赛二等奖)

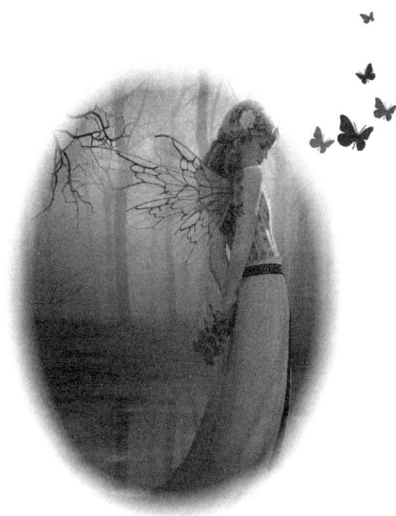

第3章

十年

那些戴着面具的小丑，有他们不为人知的伤痕。

只是你，永远也触摸不到

坠入天堂 ◎文/陈晨

你说，要像小丑一样，戴着面具，快乐地活。

一

临泽是我在文学社认识的朋友。

其实之前就对他有所耳闻。成绩好。打篮球也不错。很阳光。

临泽问我，你为什么而写作？

我回答他，我把它看做一种天性。一种叙述和记忆的方式。

而他却说，我写作，是不愿意苟活。

我非常惊异地看着他，有这么严重吗？我问他。

他说，是。我和你不同，你是太多明亮的孩子，而我的身体里有太多的颓废的因素。至少，我不是一个快乐的人。

临泽和我都很喜欢的一首歌是高旗的《如果我现在》。

歌词里有一句是，如果我现在死去，明天世界是否会在意。你梦里何时会有我影迹。

我告诉他，这句歌词太颓废了，我不喜欢。我不喜欢太过阴暗的东西。忧伤这两个字是我最讨厌的一个词。

而临泽，只是笑笑。笑容里像是带着愚弄的味道。

二

我每天为我的考试而发愁，而临泽可以潇洒地在球场上奔跑。每天傍晚，当我在作业里恍恍惚惚地走出来去食堂吃饭的时候，我就会看到临泽大汗淋漓的样子。我想，我们的生活相差甚远。

每次，他看到我总是有很灿烂的笑容。

苏哲，我有一篇新小说发到你的邮箱里。你别忘了看啊。回头给我一些宝贵的意见。

然后，他就飞一般地跑开。很多时候，我都觉得他很天真，天真得太像个孩子。而我呢，貌似成熟，其实，是个彻彻底底的傻瓜，一个装模作样的小丑而已。

晚上，在睡觉之前，我打开电脑，在电子邮箱里，看到了临泽的文章。这个南方城市的夏天已经来了，天气已经很炎热，我起身把窗户关上，并拉上窗帘，密不透风的那种。然后，靠在椅子上，打开了临泽的小说。房间里的冷气显得阴冷。

仍旧是很阴暗的风格。不是我所喜欢的，但这是临泽一直以来的叙述方式。他的文字像是被什么东西所遮掩着，始终透不出光。他的小说，无不是离别，或者死亡，都是悲剧，甚至惨剧。他是那么喜欢在文字里透露杀性和鲜血的人。他的内心世界往往令我恐惧。他的笔下为什么总是流露着黑色的文字？

哥哥从芝加哥打来电话，他又没钱了。

怎么花了这么多钱？！我听到了妈妈在大声讲话，上次已经汇了那么多钱了。怎么又要？

……

我已经习惯了妈妈这样的话。哥哥这样的电话已经数不胜数。哥哥去留学，这是爸爸的决定。我知道，这次他去美国，花了好多钱。爸爸曾经对我说过，等你哥哥在美国安定下来，就把你送去。可我不喜欢像哥哥那样，我还是选择了呆在了国内，我才高中。我知道，留学的生活就像流浪，我喜欢有依靠的、很安全的感觉。就像我会把窗帘拉得很紧，这样，会让自己觉得安全。

很多时候，我都觉得自己是一个缺失安全感而脆弱的孩子。很多不经意的事情都会在我的身上划上伤痕。父母的责怪，同学小小的误解。有的时候，甚至会莫名其妙地对枯燥生活感到绝望起来。我知道，我没有任何方法可以改变，写作也不能，因为，我不会让任何人看到我内心的阴暗。我始终要以一种健康向上的姿态对待我所接触的人。所以，我努力让自己变得完美。我拥有美好的家庭，父母亲赚比别人多很多的钱，我的成绩一直在名次的最前面。我的哥哥也一样完美，他考上美国的大学。

三

夏天的放假生活很无聊。我每天在充满冷气的房间里做一些习题，写我的小说，看很多的电影。有的时候，我看很深沉的法国文艺片，看得全身冰冷，眼泪被冻住，流不出来。有的时候，我看港台的劣质片。很低俗的语言，没有内涵的搞怪，可我却觉得满足。

每个星期六，我都会准时出家门去补习雅思。我知道，父母已经帮我规划好了和哥哥一样的路，那条看似前途光明的路。尽管，并非我愿。

这个夏天，我又遇见了临泽。

我记得，看到他的时候，他穿着橙色的 T 恤，破旧的七分裤，浅黑的遮阳帽。耳朵上有透明的耳钉，脖子上还有玛瑙项链，早已过时的那种。我们在一起陌生地走了好长一段路。彼此没有多余的话。我和他说了一些关于他小说的看法，他只是浅浅地微笑，不说任何话。

直到一个分岔口，他问，你要去哪里？

补习英语。我说

我看到临泽突然笑了。这次是很冷的笑容。

我觉得临泽的笑容充满着自嘲，我不知道临泽要干什么。

就在夏日午后的三点，我去雅思班的时候，就能碰到临泽，始终是穿着橙色的 T 恤，破旧的七分裤，浅黑的遮阳帽，还是在一起陌生地走了好长一段路。渐渐的，我不再说话，我不知道临泽要去干什么，我看到临泽傻傻的笑，很坦然的笑。但他始终不说话。

渐渐的，我发现了现在的他和我在学校里遇见的那个临泽的区别。在学校里，他始终是精力充沛，笑容阳光。我们会很热烈地交谈。他就像一棵顽强富有生命力的蕨类植物。而现在，他竟然变得沉默起来，在夏日的猛烈阳光里，他不善于表达起来。但我看得出来，他骨子里还是阳光的。那些黑暗的文字不是他内心的真实写照。

有的时候，我会在这个时候，带一些我喜欢的 CD 给临泽听。他也带一些书，《生活在别处》，还有村上春树的《东京奇谭集》。我始终不知道他为什么会在这里出现。究竟是为了谁，到底是要去干什么。但是，我始终不会问。

我买了很多旅行书，订阅了很多地理杂志。在旅游网上查阅各种资料。我知道，我的旅行不可能在现在进行，明年不会，后年也不会。我不知道要到什么时候才能开始我一直在策划的旅行。也许，要到我老了。可我还是孜孜不倦地查阅各种信息，比较同一个地点旅馆的价格。尽管，这一切的一切看起来都像是对自己的一种安慰。

我的家是在这个城市 27 层的公寓里，有时候，在突兀的黑夜里，我想打开窗户，对着对面的那一片灯火阑珊的石头森林呼喊。

我想去远方……

四

　　始终这样，每次在闷热而熟悉的街头遇见临泽。他始终保持着一样的打扮。只不过，他常常变换着耳朵上的耳钉。

　　那一天，我又碰见临泽。

　　他说，我想给你看部电影。

　　我问，什么电影？

　　他不再说话。只是拉着我往这个城市的心脏穿梭而去。乘电梯上了市中心的一座高层公寓。这是临泽的家。很小但很别致的单身公寓。在 17 层。浅蓝的窗帘，很低的床，麻布枕头，很小的写字台，始终保持 16℃低温的空调，涂满油彩的冰箱。地板始终放满了东西，零食，CD，杂志，SOLO 香水。

　　还有，一只很精致的鱼缸，里面有金鱼。

　　你父母呢？我问临泽。

　　我一个人住。他回答。

　　他拿出煮咖啡的器具。插上电源。黑色的咖啡一点又一点地被溶解滴漏下来。发出轻微的玻璃杯撞击声。

　　你喜欢鱼吗？临泽问。

　　喜欢。

　　你知道鱼的寂寞吗？

　　不知道。

　　我知道。

　　临泽把一本老式录像带放进录像机里。

　　我问，这是你要给我看的电影吗？就是这本录像带？

　　他没有转过头看我，按动了播放键。雪花点的屏幕一下子有了图像。是一片黑暗。

　　电影的名字叫做《Sea》，大海。是我自己拍的，我前几年的作品。

他说。

画面顿时扩开来。像是在一艘小船上所拍，不断颠簸。还有很杂很大的滔滔不断的大海的声音。波浪翻滚。镜头一直延伸，延伸，触及最远处的那一块海域。镜头始终延续了几十分钟。只有海浪和海的声音。

突然，出现了一个男孩和一个女孩的身影。男孩穿着白色的衬衫，随着海风吹散开来。女孩的那头长发吹到了男孩的脸上。男孩俯下脸吻她漆黑的头发。

男孩用树枝在沙滩上写上"I love you"，他们的十指相扣在一起。影片结束。

录像带被自动吐出。

我问他，那个男孩是你？

临泽回过头，是，她是我女朋友。

你们很浪漫，很甜蜜的感觉。我说道。

他突然沉下脸。从沙发上起身对我说，我拿咖啡给你喝。

他从厨房里端来了咖啡。已经冷却，一块块的像是已经被凝结起来。他用勺子反复地搅拌着。

五

他记得，九岁那年，母亲把他带到一个陌生的家里。狠狠地拽着他细小的胳膊，对他说，快，快，快叫爸爸。

他站在那里始终不发出任何声音。

他的母亲显得有些着急。狠狠地掐他的手臂。快叫！快叫啊。叫爸爸。

他还是不发出任何声音。眼神里都是倔犟。眼睛直直地望着眼前这个高大的陌生男人。

这个时候，从这个男人身后，走出一个十多岁的少年。他走到他的跟前。对他说，别怕。以后，我就是你哥哥。和我走。

这是他第一次来到沂川的家里。沂川就在那天成了他哥哥。

他来到这个新的家庭，可是，生活条件却并没有改善。他的母亲早已成为一个麻木的女人，对什么事情都表示顺从，被抛弃了两次之后，嫁给了镇上副食品商店的搬运工，这个男人靠体力来维持这个家庭。

他始终不肯叫这个脾气暴躁、身强体壮的男人为父亲。他也从来没有叫过沂川为哥哥。沂川有他父亲的遗传，是这个小镇上有名的不良少年，很小的时候就打架斗殴。读到初中毕业就辍学在社会上混。在某一天的晚上，他听见有人在敲家里的门。他起身，发现是沂川的一个小哥们。那个人和沂川说了什么，沂川便到厨房里拿起菜刀用衣服包好和他出去了。他从自己房间看到了一切。

他在后面跟着沂川走了出去。在一条幽黑又肮脏的小弄堂里，只有一盏几瓦的灯在发着昏暗的亮光。将要开始的是一场斗殴。他看到沂川走到那个站在最前面的高大男生的前面，上去就是一拳。瞬间，后面的人群全涌了上来。他看到沂川和几个染黄头发的男孩死缠在一起。发出恐怖的喊叫声。他站在黑暗处，看到刀光和木棍。他甚至听到了骨骼断裂的声音。沂川出手野蛮并且迅速，他有他父亲的遗传。

斗殴结束后，沂川躺在地上喘着粗气。他的身上都是伤痕。布满着紫色的淤青和被刀拉伤的伤口，浑身全是血。他走过去看沂川，脸上没有任何表情，仿若无事。然后，他抓起沂川的手把他抬回了家。

那一年。他十二岁。沂川十七岁。

六

从临泽阴冷的公寓走出来，已经是下午五点半。我没有去上今天的雅思班，心里很担心父母会知道，他们一定会发怒，甚至打骂我。我马上打电话给英语老师，还好，她还没有打电话询问家长。我很心平气和地告诉她，今天下午身体不舒服，大概是中暑了。

说谎大概是天生的本领。根本不用谁来教。

我又背着单肩包回家。妈妈已经准备好了丰盛的晚餐，有补脑的排骨汤。晚饭过后，她必然准备三道以上的水果。仿佛我是一个缺失很多维生素的人。

她开始询问最近的学习情况。

你只要通过雅思考试，出国路就顺畅了。干脆，去美国读高中……她又坐在我旁边开始絮絮叨叨起来。

哥又来电话了，要钱的。妈妈还是这样，不断地给哥汇很多钱。还时不时嘱咐他，快找工作安定下来，然后，把我也带出去。

之后的生活重新恢复正常。我在每天的凌晨入睡。很多个夜晚，我和平常一样，会失眠，只有面对着黑夜空张着干涩的眼睛。我买了很多校园民谣的CD，为了听里面清澈的嗓音，没有半点商业的味道。我也依旧是一个喜欢看电影，喜欢写小说的孩子。我常常咬着我的蓝墨水钢笔延续我的小说。现在我在写阿童木的故事。在我看来，这不是小说，这更像一个童话，一个离我遥远而我又渴望的童话。

每天下午太阳最为猛烈的时候，我又要去上雅思班。学习很多复杂的英语语法，熟记很多陌生的英语单词。这其实才是我生活中最重要的部分，至少我母亲认为是这样。

只不过，在我去补课的时候，我会想起临泽。想起他变换着耳钉站在街的尽头。递给我喜欢的电影和CD。我想起在他阴冷的公寓里，他给我看他自己拍的电影。一个男孩在沙滩在上给女孩写了，我爱你。

后来，我又遇见了临泽。

七

　　在新的家庭里，很多时候，他都保持沉默。他很少和自己的母亲
和那个粗暴的父亲说话，甚至是必要的语言都省略了。沂川还是一样，
跟镇上比他大很多岁的孩子混在一起，频繁地进出少管所。他父亲也
没有办法。沂川已经比他长得强壮，一次，他父亲伸手打他，他立刻
从厨房里拿出菜刀，架在自己的脖子上，他说，你再打一下，我就砍
死自己。他父亲对他吼：你砍啊，有种就砍死自己。结果，沂川真的
朝自己的脖子砍了下去，血溅满双手。他父亲被吓得震住了，立即送
他去医院。他没有伤到气管，但是脖子上留下了明显的伤痕，那道伤痕，
把沂川从这个家庭里彻底地隔绝开来。父亲再也不管他了，任他自生
自灭。

　　他常常对靳月说，我仿佛是生活在一个疯人院里。一个像得了痴
呆的母亲，对什么事情都能顺从，都能忍受。一个会酗酒发狂的继父。
还有，一个流氓哥哥。

　　靳月对他说，临泽，要记住，永远不要对生活失去信心。我从来
不相信什么是绝望。

　　靳月，只要有你。我什么都能忍受。

　　靳月是他在这个小镇里唯一的朋友，也是唯一的爱人。

　　临泽，你喜欢你哥哥吗？靳月问他。

　　我怎么可能会喜欢一个流氓，他和他父亲一样暴虐。

　　可是，他在很多方面都很照顾你。他对你很好。靳月很严肃地对
他说。

　　他突然想起了很多年以前的事。

　　他放学回家，看见沂川给他留好的饭；继父要打他的时候，沂川
对继父那凶横的眼神；放学回家路上，碰到顽皮的孩子向他扔石子，

嘲笑他爸打他妈妈，沂川冲出来，把那些孩子的手打折；沂川的那些所谓的朋友，他通常是不让他们和他接触的；还有，他小学毕业，继父不再出钱给他上学，他把自己关在房间里，几天不出来，不吃饭也不喝水，终于，在第三天，沂川敲开房间的门，看到虚弱的他，他对他说，你可以去上学，我有钱；沂川带他去快餐店，把大排放到他的碗里，看着他狼吞虎咽地吃饭后，便独自离开，吃好饭，马上回家，别到处乱逛。他说完边头也不回地走。

他有时候也会从一些旧报纸里发现沂川以前读书时的奖状。上面盖着厚厚的灰尘。他依稀看见上面的字：数学竞赛一等奖，物理第二名……

这么多年来，他始终没有叫沂川一声哥哥。而沂川，也没有称呼他为弟弟。他们之间似乎没有任何的称谓。只是有时候，他会对沂川说，沂川，你今天晚上早点回来。不要再去打架了行吗？而沂川总是冷冷的一句：要你管。说完便奔出家门，他对这个家已经毫无留恋，他喜欢的，是外面暴力而刺激的世界。

在学校里，因为沂川的关系，几乎所有的同学都和他保持距离。几乎所有的人，甚至是老师都知道他有一个叫沂川的异父异母的哥哥。那个哥哥会打架，斗殴，甚至可以毫不费力地弄死一个人，是小镇上有名的混混。几乎所有人对沂川保持恐惧，对他也保持恐惧，唯恐惹祸上身。

除了靳月。

靳月不是和他一个班的同学。他们的相识是在写诗班里。靳月第一次看到他的时候，他听到她惊讶地说，原来你就是临泽。他又一次自卑起来，他想自己又是"臭名远扬"了，他想，这个女孩的下一句话应该是，你就是那个沂川的弟弟吧？可是，那个女生没有。她从书包里拿出他发表在校刊上的诗歌和一叠稿子。

她说，其实，我也很喜欢写诗歌，看了你写的，我也有了灵感，也写了一些。如果可以的话，能否给你看一些？

他站在那里有点不知所措。不知道是因为欣喜还是意外，他一下子说不出话来。只是接过她手里的稿子。

然后，她微笑着说了一声，明天记得还给我哦。便推车走了。

晚上，他自己一个人读她写的诗歌。她的诗歌还很稚嫩。躺在床上，脑海里浮现的不是她的文字，而是她的笑容。想起下午，她一脸惊讶地说，原来你就是临泽。想起她匆忙从书包里拿出一叠她所写的诗歌和他发表的诗歌。这像是一种曾经关注过他的证据。他想着想着，便睡着了。这一晚睡得很安稳。继父没有喝酒。他也没被沂川深夜回家的关门声惊醒。关于美好的东西，要留在睡梦中。

八

临泽穿着橙色的 T 恤，破旧的七分裤，浅黑的遮阳帽，这次他的左耳上戴了黑色的方块耳钉。

这些日子，你到哪里去了？

找鱼。临泽拨弄着手指，苏哲，我找到了好多好多鱼，好多好多鱼。好多好多鱼。他神情有些诡异。

你……

苏哲，我要带你去看好多好多鱼！

临泽拉着我穿过那条梧桐街，穿过马路，穿过人群。

仍旧是那间很小但很别致的单身公寓。

临泽带着我到了卫生间，那里有一只不大不小的浴缸。临泽一拉浴缸的帘子。

好多鱼。

蓝色，紫色，红色的鱼。好多好多鱼。

我惊讶了，你为什么要弄这么多鱼？

临泽没有回答，你知道鱼的寂寞吗？不，鱼告诉我，他们其实好快乐。

我不知道临泽到底想说什么，他只是呆呆地看着鱼。

好久，好久。

我想变成鱼。临泽说，目光还是呆滞。

然后，当我离开临泽的公寓之后，我又好久没有碰到过临泽。我曾经到了那所公寓，按响那个已经生锈的门铃，我望着那扇窗户，仍旧是蓝色的帘子，拉得密不透风。

消失？

我还是等着临泽，我觉得临泽变得奇怪起来，甚至诡异。我始终是念念不忘，我始终记得临泽说的那句话，我想变成鱼。之后，我曾有过这样的梦境，临泽真的变成了鱼，像鱼这样的单纯，像鱼这样的简单，没有精神的分界，没有精神的束缚。临泽只是游着，单纯地游着。仿佛已经跨越了一切。

那个时候，临泽不认识我。

可是，梦境总归是梦境，而临泽毕竟是个活生生的人。我觉得自己想得太多了。

九

靳月成为了他第一个恋人。他想，也是唯一的。

靳月带他去小镇的教堂。这是他从来没有去过的地方。靳月说，这是没有沾染过鲜血的地方。

小镇的教堂在小镇的最北面。地势很隐蔽，要穿过几条幽林小道才会看到教堂顶不锈钢的十字架。

小镇信仰基督的人会在每个星期六和星期天到教堂来做礼拜。教堂里始终不会有很多人。教堂在双休日会提供免费的午餐和糕点。很多乞丐都会过来。教堂始终乐意接待他们。

在夕阳之下，他觉得教堂的十字架在发出熠熠夺目的光。

靳月问他，你相信神吗？

他摇摇头。

我相信。我相信有神灵的力量。是耶稣让我们走在一起。

他摸摸她的头，不由自主地笑了。

小镇春天来临的时候，来了一个马戏团。在小镇的中心搭起了五彩的巨大帐篷。他拉靳月一起去看。

随着欢快的音乐声响起。小丑们开始了各种各样的表演。耍猴，单手倒立，做着很夸张的动作。引得全场都为之哄笑。小丑的脸上涂满了五颜六色的油彩，在剧烈的灯光下，影射出熠熠光芒。

靳月对他说，你看，临泽，他们即使戴着面具，也很快乐。

靳月，很多时候，人戴着各种各样的面具存活于世。每个人都是小丑。看破真相的人迫不及待地去撕下他们的面具。可谁知道，失去面具，他们立刻变得伤痕累累，不堪一击。他们内心深处的伤口立刻流出血来。

靳月，让我们即使戴着面具，也快乐地活，好吗？

学校里要策划一次到海滨沙滩的出游。他和靳月相约一起去。他从小镇的照相馆租来了摄像机。

长途汽车行使了 6 个多小时。终于抵达了靠近大海的一个小渔村。兴奋的孩子一个个从车子里跳下，迫不及待地感受海风的味道。他在人群中寻找靳月。终于，他看到了靳月的那一个班的队伍。他朝靳月挥挥手。靳月做了一个等等的动作。她们的班主任在，她不敢跑到他这边来。

老师开始让大家自由活动。

他和靳月偷偷地远离了大部队。他们穿过一片芭蕉林，到了另外一个海滩，就像是看到一片新天地，这个海滩上没有一个人。海浪有节奏地打了过来。空气里到处都是海风咸咸的味道。靳月高兴地在沙滩上奔跑了起来。

他突然指向海面，靳月，看，有渔船驶过来。

一艘渔船伴随着隆隆的马达声摇晃着在海面上行驶过来。他让渔夫带他们上船到海上去，热情的渔夫欣然答应了。这是他和靳月第一次看到大海，甚至是第一次坐船。海上风浪很大，他紧紧地拉住靳月的手，因为风浪，船很颠簸。

临泽，我看见大海了。我终于看见大海了。他看到了靳月微微颤动着的嘴唇和激动的神情。

靳月，以后，我会让你看到更多你喜欢的东西。他对她说。这个时候，面对着大海，他想，即使自己不是王子，也要让靳月像公主一样。靳月，你的美丽和善良告诉我，你天生就是公主。

上岸之后，他在芭蕉林找到一根树枝。

"你要干什么，临泽？"

他始终不说话，他拉着她的手奔跑在沙滩上。他用树枝在沙滩上写了"I love you"，字很大。

她欣喜若狂，临泽，是给我的吗？

靳月，相信我，我会给你你想要的幸福的。一定会。

你会骗我吗？

靳月，你要相信我，我不会说谎。你要相信。

十

现在，我开始听 Coldplay 的歌。这几天，反复听这首《yellow》。直到耳膜微微地发疼。

Look how they shine for you,
Look how they shine for you,
Look how they shine.

Look at the stars,

Look how they shine for you,

And all the things that you do.

在我眼里，黄色是忧伤的颜色。有将要消亡的迹象。黄色黄昏里，天空在流血。

我开始倔犟，我叛逆的血液一旦流出，就再也止不住了。我相信，很多孩子和我都是一样。我不是异类。

我开始逃避每个下午的雅思班。我给老师编造了一个又一个理由，最荒唐的一次，我给那个资格很老的英语老师的理由是要到香港去旅游一个星期。那个英语老师对我这个重点中学的优等生深信不疑。于是我便直接逃了一个多星期的课。

炎热的午后时光，我有时栖息在咖啡馆里。我带一些 CD 让服务生放出来。有时，就这样坐一个下午。有时，到这个城市最大的书店里，栖息在专卖旅行书的柜台前，反复看那些自助游，然后，开始幻想。有时，我经过临泽的公寓，看到 17 层的窗户始终是被窗帘拉得密不透风。我不能确定，里面有没有灯光。临泽，是不是消失了。

我一次又一次编造谎言给老师，我一次又一次逃课。但是，我是那么心安理得，仿佛，这样才是真正的我。那么，以前那么安分守己的好学生又是谁？到底，哪个才是不戴面具的我？

终于，因为我的一次次请假，老师产生了怀疑。终于那一天，她打电话给了我那个正在酒店里应酬的父亲。

夜幕渐渐降临，这个城市又戴上了黑色的面罩，好像很安全。我开始往家走。钥匙转了三圈，我开了门，看到爸爸和妈妈坐在餐桌边一动不动，他们看着我。然后，爸爸随手拎起一根棍子朝我这里扔了过来。我没有躲，但棍子没有扔到我。

你怎么可以逃课呢？你知道雅思班有多么贵？你还要不要考大学

了？你这样怎么出国呢？妈妈的眼里有泪光。

学习？！出国？！我的心里不由涌起一股从未有过的能量，我冲了出去，然后，重重地把木门关上，我疯狂地在城市两旁的马路上奔跑，我想，自己永远也不要再回去，不回去。永远也不要这样枯燥的生活。我听到妈妈声嘶力竭地呼唤着。

我努力跑着，就像是一个失去重量的孩子。这个时候，我情愿做一条鱼，没有精神的分界，只是那样单纯地活着，单纯地活着。我觉得自己太累了，太累了。

我坐在广场上的石凳上，面对的是永远向上的喷泉，红色的灯光映了上来。广场上的人已经渐渐散去。只有我，我不知道该怎么办。像是个迷失的孩子，但是，我不想回家。

我摸了摸口袋里的钱，只有几个硬币。我没有去处。这个时候，我想起了临泽。

我来到了临泽的公寓，按响那个已经生锈的门铃，依旧没人。

我坐在门前的楼梯里等，除了在这里等，我没有别的地方可去。

又是一个早晨，太阳照常升起，当我醒来的时候，我发现身上有厚厚的东西，原来是棉被。这个时候，我才发现，原来自己已在临泽的房间里。

十一

那年，他依旧在小镇的中学上初中。这个家庭，依旧是这样，没有任何改变。母亲日夜劳作，比以前更加沉默寡言，晚上，任凭继父暴打，没有任何呻吟声。

有一次，他看到继父拿起一只啤酒瓶向她母亲的头上砸过去。玻璃碎了一地，血从头顶向下迅速地流了出来。他吓得呆在那里不知道该怎么办，母亲已经倒在地上，休克过去。他飞一样地跑到小镇的台球场里，看到正在抽烟打台球的沂川，哭着叫喊他，家里要出人命了。

母亲像是被父亲打死了。求求你救救她。

沂川听罢马上丢掉烟头，和他一起奔回了家。

最终，他母亲被缝了十多针。而沂川，将她送到医院后又马上回到了台球场，这一切，在他心里根本不会造成多大的波澜。

夜晚，在寂静的充满消毒水味道的病房里。他看着自己的母亲，这个早已老去的母亲，这个一次次地被抛弃，一次次地受虐待的母亲。他对着熟睡过去的她说，你这样，还不如去死。

继父得了肝病。喝了很多酒后，肝痛就会发作，人变得消瘦而虚弱。他不能再当搬运工。整日躺在家里，无所事事。家里失去了唯一的经济来源。他依然戒不了多年的喝酒习惯。尽管知道喝酒肝病会发作，但每天还是会喝很多的酒，夜晚，疼痛发作，他变得无力和软弱，时不时发出呻吟的声音。现在的他，已经完全变成了懦夫。他已经无力再举起他肮脏的手殴打任何人。

母亲的反应更加迟钝。有的时候，行为异常，晚上会突然醒来，然后干家务，洗碗，擦桌子，常常在深夜里忙忙碌碌。很多人怀疑，这个反复被抛弃、被虐待的女人患了精神病。

沂川自己一个人离家出走。事先，沂川只对他提起。那天，他正在房间里写作业，沂川敲门进来，他的身上都是烟味。他告诉他，他要离开小镇，去别的地方谋生。也不知道要到哪里去，就跟几个哥们瞎混，看运气吧，你在家好好读书。他拿着笔一动不动，眼神漠然。钢笔的墨水渐渐渗了出来，凝结在了算术本上。他们两个人都不说话。

沂川掩门而去。

突然，他冲了出去，他看到了拎着一袋衣服向屋外走去的沂川。他对着沂川大喊："你要小心！"沂川转过头，他的嘴角扬起一丝淡淡的笑容。这是他第一次看到他微笑。然后，沂川转过头，迅速朝马路上走去。他一个人在门旁，看了好久，好久，直到沂川完全消失在视线里。

最终，沂川去了北京，半年后才回来。他回来的时候，身上多了几道伤痕。他不知道他去干了什么，沂川也从未提起，他只是给了他一个信封。信封里有够他读完初中的学费。

他更加努力地读书，他渴求读书能改变他的命运。

他对靳月说，靳月，我想考Ａ城的重点高中，到Ａ城去，永远离开这个小镇。

临泽，我相信你，你一定会，我会和你一起去。

这是她对他的诺言。

十二

你睡得可真熟，怎么叫也叫不醒你。临泽说，你离家出走了吧？

我突然有种犯罪感，我还不想背负"离家出走"这样的罪名。

你呢？我小声地问。

我？临泽没有回答，只有呆滞的眼神。

在临泽的小公寓里，我开始了另一种生活。每天早上用咖啡机煮咖啡。晚上，和临泽看电影。很多美国枪战片。临泽拿出他喜欢的杂志和书给我看。他买来了很多食谱，对着食谱做味道并不怎么好的菜。

我常常问他，你女朋友呢？就是在电影中的那个。

临泽总是淡漠地笑。他说，她变成了鱼，游走了。

我想，这大概是临泽为什么喜欢弄来这么多的鱼的原因。这像是一种挽留的祭奠。临泽又买了一个巨大的透明鱼缸，宛如黑色的雾气森林。他把鱼全放了进去。在夜晚，我甚至还可以听到鱼咀嚼食物的声音。

他每天买一桶又一桶的鱼。

巨大的鱼缸已经放不下，便都放在浴缸里。由于放的鱼太多，每天都死一大片，临泽把死鱼往公寓的窗户外扔，会听到轻微的响声。他把死鱼的鱼鳞刮下，他的指甲里嵌满着鱼鳞。

然后，每天变换着发型，在指甲上涂上透明的指甲油。还有，戴着奇怪的耳钉。但很多个夜晚，临泽会和我好好看一会儿书。他看书的时候，喜欢轻声地把字念出来，像是对字符的一次次清脆的敲击。那些天，他在看纪伯伦的《先知》。碰到很多句子，会欣喜地把它们摘录下来，他一直是一个喜欢文学的孩子。

十三

最终，靳月没有实现她的诺言。

他16岁那一年，靳月和全家人离开了南方小镇，她爸爸失业多年后，在北方的一个小城市找到一份不错的工作。他们要去北方谋生。

靳月对他说，临泽，对不起，你不能给我我要的幸福了。我不能和你一起去A城读书了。

他擦掉靳月眼上的泪痕，对她说，不会的，靳月，相信我，等我四年，四年后，我考上北方的大学。或者八年后，大学毕业，我会到北方来找你。

他在暮色下看到靳月冷冷的笑，现实一点好吗，临泽。以后，你能不能记得我，都是一个未知数。

他突然愤怒地提高了声音。靳月，你怎么能这样，你应该相信我。你要相信我。

临泽，相信没有用。不管怎么样，我都会记得你。临泽，这就像是上天注定的，我们注定离别。

不会的。靳月。我告诉过你，我不相信神。

可是，我相信，临泽。我不想留下任何东西在这里，去了北方，我就会有我新的生活。认识新的男孩子。我不会活在思念和痛苦里。临泽，你要清楚。

靳月，你无耻！他用力地打了她一个耳光。

他看到瘦小的身子微微颤动着。临泽，算我欠你的。她径直向树林里跑去。一去不回头。

靳月，靳月，你为什么一定要活在忘记里。

靳月在那年的十一月离开这个已经生活了十多年的南方小镇。小镇这个时候已经是深秋。那些抵挡不住风寒的叶子纷纷坠落下来。而他，没有再和靳月联系。就像那些叶子，坠落到了深渊里，不知道何时才能获得新生。靳月曾托人捎信给他，对他说，临泽，如果可以，我们能否再见最后一面，等我离开，不知道何年何月才能再相见，也许永远不会了。

他泪流满面，靳月，你为什么不相信等待。为什么不相信我。

他没有再去见靳月。

那天晚上，他独自一个人去电影院里看电影。片子是《苏州河》，影片的最后，周迅跳到了河里面，让那个男孩花几年的时间去找她。这个时候，他听到坐在旁边的一个男孩的自言自语，犯贱，要死自己去死。

那个时候，他终于明白。他凭什么让靳月去等他四年，等他八年。他有什么理由证明自己此时的承诺。

这难道真的是像靳月所说的，是宿命，已经注定。为什么会有这样的离别，要知道，他们当时是多么相爱。他们一起去看海，他在沙滩上为她写下，我爱你。这一切都是真真切切已经触摸到的真实的爱情。

他后来给自己编造了一个理由。靳月就像《苏州河》里的周迅一样，跳到河里，变成鱼游走了，永远也不回来了。

他一直相信。

十四

临泽开始做奇怪的事情。

那天的午夜，我被一阵奇怪的声音惊醒。像是动物的叫声，还有笑声。我起了床，空调开得太低，我已明显感觉阴冷。我看到浴室的门里透着亮光。还有黑影的闪动，应该是临泽。

我打开浴室的门，我看到了他。

临泽的手里拎着一只鲜血淋漓的黑猫。黑猫的头已经快掉了下来，被一层薄薄的皮连着。

"他要吃鱼。他要吃鱼。我要杀死他。"

临泽说话的时候没有表情，目光呆滞。一动不动，他脸色惨白。像一尊希腊雕塑。

我看到了黑猫粗大的血管，还在不断流出鲜血。它的身躯有被砍过的痕迹，一刀，一刀的。我看到了黑猫的头，眼窝下陷，没有眼珠。

眼珠在临泽的手上。

我只是傻傻地看着这一切。我没有勇气去阻止临泽，也不知道该怎么办，或许，我自己也是个没有方向的孩子。这个时候，我会害怕。

我走过去，擦干他手臂上的血迹。

临泽，以前在学校那个阳光快乐的人，是你吗？还是那个黑色文字里哀哀哭泣的人，到底哪个是你？我一遍遍地质问他。

苏哲。我所做的一切都在祭奠我的时光。他的面目还是惨白。猫血的味道浓烈而腥气。他趴在浴缸里呕吐了起来。

苏哲。人总是戴着各种各样的面具存活于世。其实，每个人都是小丑。看破真相的人迫不及待地去撕下他们的面具。有些人被撕破面具，更加单纯而快乐地存活。可有些人，失去面具，他们立刻变得伤痕累累，不堪一击。他们内心深处的伤口立刻流出血来。

苏哲。你听到了我心脏流血的声音了吗？

十五

继父去世的时候，是来年的夏天。他死于肝病。

在他快要去世的前几个小时，他突然精神好了起来，脸上也突然有了颜色。他走在街上，去看他已经工作了几十年的地方。他小学毕业后就开始在那家食品店里打工。一晃，几十年过去了。

他突然很想见沂川。叫他去找他。于是，他对他说，沂川不知道到哪里去了，根本找不到。

他看到继父叹了一口气。突然，继父全身瘫软起来，浑身不住地抽搐。他的眼睛张得很大，不知道看到的是天堂还是地狱。他发出如海浪般的粗气。他就这样去世了。

那一年，他考上了Ａ城的重点高中。是小镇上唯一考上的人。他想，要是有两个人，那该有多好，只不过，另外一个人走了，像继父一样，有可能永远也不再回来。

继父去世后，沂川变得更加放纵。这个家对他已经没有任何可以牵挂和留恋的了。他放学的时候，看到沂川在街头，和几个染红头发的青年坐在一台摩托车上。旁边还偎依着几个发廊里的女子。沂川叼着烟，眼神邪邪的，仿佛随时都会爆发。

他背着书包，走近他。旁边的小青年看见了，不怀好意地问他，你是谁？要干什么？

沂川灭掉烟蒂，对那帮青年说，他是我弟。他说这句话的时候，一脸坦然。

他突然对他说，沂川，你今天回家吃饭好吗？你已经好些日子没在家吃过饭了。

沂川考虑了一会儿，说，成。

在家里的木头餐桌上，坐着母亲，沂川，还有他。空气闷热，一台吊扇嘎嘎地旋转着。

母亲变得更加呆滞，行为古怪。每天，反复地做家务，基本上不再说话。有时，她一个人坐在门前，呆呆的，不说话，也不睡觉。像是在想一件再也想不起来的事情。

菜并不丰盛。几乎都是素菜。一碗水蒸蛋算是最像样的一道菜了。他们两个人对面坐着。还是一言不发。沂川吃饭的时候狼吞虎咽，像他的父亲。他突然问他，你要啤酒吗？我去买。

算了。沂川还是一脸冷漠。

他和沂川吃好饭。放下了碗筷。两个人坐着，仍旧是沉默。

突然，他终于开口，沂川，我考上了Ａ城的高中。

那是好事。

他停顿了一会儿，可是，我没有钱。去上高中大概要几千块钱，家里现在连几百都没有。沂川，你有钱吗？

沂川自嘲似的笑了笑，说，原来你那么好心让我回家吃饭就是为了说这些。

不不不。沂川，我只是真的需要钱。我不想失学。他连忙解释，算我借你。我一定会还你。他补充了一句。

沂川还是一脸冷漠，我会想办法。你照顾好家里，别再捅出什么乱子。

他又是头也不回地掩门而去。

十六

临泽始终没有告诉我他背后的故事。我知道，他的倾诉仅仅是发生在他的内心里，从不会告诉任何人。我始终不知道他的面具底下到底隐藏着什么。但我在冥冥中觉得，他就像是一口深井。永远也开掘不完，始终不能确定有多深。在他的笑容下，他始终掩藏着他不为人知的往事。

就像临泽说的，有些人，被摘下虚伪的面具之后，就会伤痕累累。以前，我一直觉得他是一个阳光、天真，甚至烂漫的孩子。但我现在终于明白，临泽是有太多伤口的人。他只有戴着一层又一层的面具，才能掩饰他身上的缺陷。他苍白而脆弱的灵魂一旦暴露在阳光之下，就会灰飞烟灭。

那些戴着面具的小丑，有他们不为人知的伤痕。只是你，永远也触摸不到。

我决定回家。因为，我似乎已经明白了什么。

离开的这天阳光灿烂。临泽心情变得很好，一早就到超市买食品。就在他离开的那一刻，我开始写一张离开的纸条。我感谢他能在我最无助和迷茫的时候收留这个身无分文的我。感谢他给我看他的电影，听他的 CD。最后，我希望他能发邮件告诉我他的银行账号，我会给他我这几天的生活费。这是我必须要付出的。

当我走出临泽的公寓的时候，呼吸到了和公寓里不一样的空气。

突然感觉这一切，都像一个匆匆掠过的幻影。我不曾想象过自己会做出离家出走这样疯狂而不负责任的事情，不曾想象自己已经孤身在外一个多星期了，我仿佛忘记了妈妈，忘记了爸爸，忘记了我的学业，忘记我必然要奋斗的路程和前途。而这一切，像幻影一般闪过。或许，这仅仅就是一个幻觉。我想。

到了家门口，当我把钥匙插进门里那一瞬间，我的心里有一丝丝的疼痛。打开门，家里没人。

想打电话给妈妈，可到现在才发现，我的手机一直没电。

我只好等，很晚了，在迷糊的睡梦中，我听到了开门的声音，我跑出去看。

是妈妈。

我看见妈妈就这样站在门旁,冷冷地不说话。就这样站着,好久了,我发现妈妈的眼角流下了那种叫眼泪的东西。

妈妈哭得很凶。我走过去,趴在妈妈的背上,轻轻地告诉她,妈妈,别哭。别哭,妈妈。

后来,我自己也掉下眼泪来,和妈妈一起哭了。我不想停下来。

妈妈告诉我了一切。

十七

他十六岁那年的八月。沂川入狱。

他犯了抢劫罪,还把两个人捅成残废。那一天,他作为沂川唯一的亲人出现在法庭上。他看到沂川被拷着手,一脸冷漠。他对自己的罪行供认不讳。因为主动自首,最终,他被判三十年。

受害者的家属在结束庭判后失去控制,疯狂地去抓沂川的头发,边哭边向他身上死死地打过去。警察涌上来维持秩序。而沂川还是一脸冷漠。

沂川入狱前,留给了他数目不小的一笔钱。足够他高中甚至大学的全部学费和生活费。他告诉他,这笔钱不是抢来的,是一个大哥送的,让他安心用。这个时候,他终于明白,原来沂川主动去认罪,他把所有的责任都承担下来,是为了那笔钱。他还提到,那个大哥可能还留给他一套房子,就在 A 城。

沂川还委托人把他母亲送到了乡下老家。他在信里写到,她现在有人照顾,很安全,只要你安心读书。

快开学的那段日子,也是这个夏天将要结束的时候。他站了一个晚上的火车。到了一个陌生的城市。去那里的监狱看望正在服刑的沂川。

到了市区后,还要坐上好几个小时的长途汽车。昨晚他一夜没睡。

可他一点也不觉得疲倦。

车子行驶到了林区。他看到了一大片的针叶林。这个城市的监狱就在这层层丛林里面。

透过玻璃窗，他看到了沂川。他剃成了平头，脸庞比以前消瘦。因为监狱里的劳动，身子变得黝黑而更强壮。

沂川透过玻璃窗，微笑着对他说，临泽，你来了。

他一言不发，始终坐着。很长一段时间，两个人还是像小的时候一样，彼此都保持沉默，谁也不说话。不知道为什么，这样平常的一个注视，他会掉下泪来。

沂川，你为什么要这么做？为什么要去认罪？

沂川看着他，漠然地笑笑，临泽，有些事情，你不会懂。

临泽，有些话我一直没说。但是现在，我要告诉你，我怕以后就不再有机会了。临泽，我一直把你当唯一的亲人看待。你还记得我十七岁那年在外面打架你把我抬回来吗？我打架，去偷，去抢，为你挣学费，这些我都愿意。因为，你是我唯一的亲人。到了Ａ城之后，好好读书，一定要考上大学。不要再回到那里去，永远不要。临泽，你会忘记一些事情的。永远不要害怕，不要绝望。答应我好吗？

这是沂川第一次一口气说这么多话。

而他，坐在他的对面。紧紧地咬着嘴唇，什么话也说不出来。那酝酿了十多年的眼泪终于爆发了出来。他泪流满面。

沂川，我答应你，答应你……

沂川的脸上再次露出了笑容。他现在已不像是以前那个冷漠暴躁的他。

他忽然记起了第一次遇见沂川的时候。母亲拽着他细小的胳膊，对他说，快，快，快叫爸爸。

他站在那里始终不发出任何声音。

这个时候，沂川从继父身后走出来对他说，别怕。以后，我就是你哥哥。和我走。

他记起，他放学回家的时候，有同伴笑话他，沂川看见了，冲出去就打。

继父不给他上学，他绝食。沂川踢开门，带他去快餐店里吃饭。

……

临泽，这么多年了。你好像从来没有称呼过我哥哥。沂川突然说。

他终于张开口，说了那两个其实他一直一直都想说的字。

那一年的八月末，他收拾好所有的行李，坐上长途汽车，离开了这个小镇。像沂川所说的，他想自己永远也不要回去。这是个充满隐晦、隐藏着很多人鲜血和痛苦的小镇。他永远也不会再回来了。他终于可以告别一切，包括他的亲人，还有靳月。他想，这一切的一切，就永远长眠于此吧。

离开的那天，天空晴朗。他抬起头，看到一丝白云掠过。

哥哥，你在天堂过得好吗？

沂川在他离开的前一天晚上，用碎玻璃，割脉自杀。

十八

没想到，哥哥竟然在美国染上了毒品，这些日子，他不断向家里要钱，就是为了筹集毒资。哥哥一直没和家里说，直到使馆来了电话，哥哥被美国警方拘留了，爸爸只好去了美国，花好多钱去保释哥哥，然后，回国戒毒。

和你哥哥在一起吸毒的也都是中国留学生。妈妈说。

你哥算是毁了，其实，我们不把他送到国外，即使在国内读一所普通的大学，也不会弄到今天这个地步。妈妈的脸上多了好多苍白。

她的神情很落寞。

我走到了自己的房间，背靠着门，看着黄色的灯光，不声不响地哭了，为哥哥流泪，为临泽流泪，为妈妈流泪，也为自己流泪。看看这个空荡荡的家，已经没有了往日那种温暖的感觉。

那些幸福而又单纯时光，已经离我越来越远。

看了看日历，明天是 5 月 22 日。自己的生日。哎，我本应该是天堂里最幸福的双子座孩子。

晚上，我失眠，我仿佛在一直等待着明天的来临。明天，自己已不再是那个十五岁的孩子，而是一个十六岁的少年。

翻了一个身。拉上窗帘，还是把窗帘拉得很紧，密不透风。

然后，换了张笑脸。

在黑暗的冥冥中，我仿佛看到了一束闪亮的光线在暗色中隐没。

那也许是坠入天堂的迹象。

作者简介
FEIYANG

陈晨，5 月 22 日生于杭州。作品曾发表在《最小说》《布老虎青春文学》等杂志。（第十届新概念作文大赛一等奖）

桃太郎 ◎文/刘洋

　　"夏天可真是漫长呀。"她闭着眼睛，嘴唇的颤动并没有被我捕捉到。我们已经呆在这儿足足一个下午了，起先是站着，看一看四处的风光，领略一下这里的乡村风情。不过说实话这里的风景确实不赖。金黄的麦子丰收在即，不远处果园里的水果发育得饱满通透，散发阵阵果香。河流在四周缠绕着缓缓流动，一条金色光滑的平面。这使得我们所处的位置成为一块高地，举目四望视野几乎不受任何阻挡。这样的情况大概持续了一个钟头，直到我们盯着右前方忙碌的拖拉机手确信这没什么好看的才决定铺两张报纸坐下来。拖拉机就停在河边上，而他却在田野里不停穿梭出入在麦浪中间最后干脆彻底消失，看起来就像是在练功。这样的天气只要稍微动动身子就汗流浃背，最后我们只得伸展双腿斜着身子半倚在粗壮的树干上。高入云端的橡树屏蔽了阳光毒辣的鞭打，我们得以在树下悠闲地喝着汽水。世界就像个闷热的蒸笼，混合着她洗发水和汗渍的味道在空气中隐隐飘散。颇受女孩子青睐的 Hello kitty 短袖因为出汗的缘故紧贴在身上，若隐若现。我感到体内某些东西如面团开始发酵，胃被空气充满。她的天真有时候真让人害怕，刚才要不是我加以阻拦她肯定会爬到树上去。"看到松鼠了吗？""没有。我的意思是根本就没有什么松鼠，别再问这种三岁小孩的问题了行吗？"一阵热浪袭来，她弄得我很烦躁。我们很长时间都没有再说话。温度开始下降，河水反射着破碎的点点金光，整个大地都在为夜幕将至做着最后的准备，一切进行得神秘而又悄无声息。"我得回家了，"她轻声说道。我们站起来活动了一会儿身子，开始悠闲地往回走。

送走她回到家时天已黑了。我觉察到黑夜潮湿清凉的气息在门外涌动，淡蓝和黑两种颜色在任何可能的地方迅速地融解调和，无处不在。屋子里光线在微妙地变化着。我不想开灯，等眼睛适应了光线的昏暗后摸索着躺到床上，躺下去的时候后背被床上的什么东西硌了一下。凉席散发出的丝丝凉意让我很受用，皮肤直接触碰到的部分感觉尤为强烈。电风扇早上出去忘了关掉，此刻正在头顶上吱吱呀呀地转着。这样的感觉不错，夏日难得的好时光。对面玻璃桌上堆积如山，像极了具有实体面部模糊的怪兽。由于不想破坏屋里的气氛我假装看不见它们。不知从何处发出轻微的响动伴着风扇冲刷气流的声音仿佛催眠曲，我却睡意全无。摸到手边上烟灰缸的位置点燃一根烟开始想入非非，脑子乱得厉害。窗外的路灯在 9：00 准时亮起，橘黄色灯光顺着窗沿透入房间。冰箱里还有一些剩饭，它们恐怕难以激起我的食欲，也懒得加热。我跳下床，小心翼翼踩着缝合在水泥地上的明暗交界线走到门口转动门把手，有一瞬间掌心的微汗将手粘了上去。随着"砰"的一声，只留下灯光映照的蓝色烟雾在房间内盘旋。

夜市上人声鼎沸，本就不甚宽敞的街面显得愈发狭窄，只容得下一人通过。肩膀稍微宽些的都要侧身往前挪动，彼此衣物难免触碰，便不时从人群中传出不堪入耳的叫骂声。脚下的油污因为天气缘故散发出刺鼻的酸味，踩上去有黏稠滑腻的感觉，颇似正午时分赤脚走在清亮的柏油路面上，会出现陷进去的错觉。隔着玻璃门看见平常去的那家店里已经坐满了人，我犹豫了一下还是走了进去。最近几日的光顾老板已经对我颇为熟络，见我进来急忙微笑着走过来领我进了内间。里面人也不少，但空位子还是有的。我挑了一张干净的桌子坐下，要了两瓶啤酒独自喝起来。老板于是便不再招呼我，退居幕后拖拉机手般忙得不可开交最后彻底消失。不出所料，啤酒也是温吞吞的，打上来的酒嗝都泛着一股腥味，仿佛是打了黄油的鲈鱼从杯子里滑入腹腔。我饶有兴趣地透过半人高的玻璃隔板观察坐在斜对面的一对男女，他们夸张至极的表情和说不上来的暧昧劲让我很轻易想起我的姐姐。那时候我才十五岁，她约莫二十出头，怀揣少女特有的复杂情感和魅力。有一次深夜姐夫带我们出去吃宵夜，他和饭店老板娘就结婚的问题喋喋不休，那种亲热劲激怒了我。吃完饭我冲出店门淋着小雨一个人气呼呼地往回走，他和姐姐走在后面打着伞感到莫名其妙。后来好景不长，两人果然离了婚。以至于现在每当我那单身自诩贵族的老姐姐见到我依旧会向我诉苦。这样的事情说起来倒也没什么稀奇的，世界上每天都在发生。酒瓶子很快见了底。我感觉到一阵倦意。瘦小的服务员被人问到年龄羞怯地报出十八岁；老板上小学的儿子脱得精光在空调后面的盆里晃晃悠悠泡着，我真担心他会将盆打翻摔到地上。这小子倒是有些意思，上星期趁我在门口停车的空隙跑到车上指着下面惊恐地问我为什么会变硬。沿着河边走回家，我的心里装满了水。打开门一看浴缸里的水竟溢了出来。躺在床上闻有没有她的味道。电视里播放着无聊的广告和一个热水器公司开发的一种新型产品。少儿频道正在播桃太郎，他从口袋里掏出饭团咬了一口，又咬了一口，"冲呀，冲呀"，他们一起叫喊着冲进了魔鬼的城堡。那些东西又开始在体内发酵，我预感到它们将会在头脑中催生出一个新的想法，我势必会被它所震惊。

我的工作类似建筑或雕像，只不过范围较窄也相对容易，将一堆密密麻麻的想法和假设按照程式逐个还原，然后规划出委托人要求的样式为他们的所作所为提供充足的理论依据。这些人的想法千奇百怪，理由各式各样，它们构成庞大繁复的世界，迷宫般在头脑中缠绕，这正是我担心的。送走最后一位客户已经是傍晚，我疲惫不堪，头天晚上只睡了四个小时不到。有短信发进来问我弄完了么，我告诉对方得再宽限几天，最近手头的工作实在太多了。一天中的大多数时候这个寓所会被我当成是整个世界，我的目光时而随着想像力落到各个角落，白色墙壁的任意一点。而此刻我则身处一片荒漠之中，头痛欲裂一片空白。在桌子上刨出一小块空地方趴在上面打盹，我尽量不去看它们。窗外嘶嘶蝉鸣让我置身那个乡间的下午，橡树高耸入云而她潮湿迷人。我抑制住想哭的冲动并对自己这种毫无道理的行为感到费解。远处传来持续的沉闷的轰鸣声，听声音似乎在河的上游。那里是螃蟹和贝壳聚居的巢穴，耗掉了我幼年的许多时光。伸手进去在黑暗中摸索，泥土温暖坚硬而它们无处可逃。蟹黄鱼肥乘着风满载而归，撬开贝壳的嘴那里面有些什么在等着你。轰鸣声越来越近，思想的驰骋被悉数打乱。我几乎可以肯定是住在河对岸说起话来没完没了的老头子在用电网捕鱼。我打消了出去的念头，不到万不得已尽量不去招惹他。老头子曾向我说起青年时代做守夜人的经历：一群喝完酒的年轻人深夜里走出房间，沿积雪的山脚攀爬上铁路，下到结冰的湖里砸洞抓鱼。"吹响口哨就安静了，搂在怀里身上的冰茬直扎手。他穿着那件鱼店的招牌衬衫，说起这些倒显得神采奕奕。老头子曾因为政府改进捕鱼工具而怏怏不乐，言辞刻薄想方设法与政府作对。他一度成为此地名声在外的垂钓者，"看他钓鱼简直就是一种艺术享受，他懂得怎样与它们交流，"人们纷纷这样评价道。他们夸他，他于是把盆里装满要卖出的鱼分给他们，他们便夸他。站在窗前向屋后的河里眺望，河水涨了一些，尽管不是很明显但我能看出来。天气预报说今年的雨期会延长，期待河水涨满溢出冲上河岸淹没我的房子。我想起一个朋友，他在一家夜间开放的俱乐部工作，我决定去找他，把我的想法告诉他。

穿过糖果街闪烁着霓虹的路口，走到漆黑散发着尿臊味的巷子尽头朝右拐，便到达朋友的俱乐部。克推开门领我进去。他要开始自己的工作，留下我一个人在僻静的角落里，我几乎忘记了此行的目的。克站在舞台上穿着短裤活蹦乱跳，大学毕业他就干起了这个，每晚工作四个小时，想必工资不菲。靠墙一边的灯没有开因此我并不知道四周是否还坐有人。结束时人群鱼贯而出，他被一窝蜂带到我面前。我们开始不停地抽烟，进行了大约两个小时的谈话，直到这里已经空无一人。"你肯定以为我在开玩笑，但事实就是这样，我真受不了她了。""这没什么，你完全不必这么紧张。"他的口气听起来倒是很轻松。最后他走上台唱了一首老鹰乐队的歌，唱到一半突然烦躁地扔下琴朝我挥了挥手，说了声"我会告诉她的"，算是对我的告别。路上一个蹒跚学步沿街乞讨的小女孩拽着我的胳膊摇摇晃晃跟着我往前走，那副样子真让人无法拒绝。面对前方一对情侣的注视我显得非常窘迫，一时不知如何是好，用力甩开她飞快地跑回到了家。

由于一系列原因导致桃太郎率领的民间打鬼队无法按期抵达目的地。他们不断被一些鬼纠缠，西瓜太郎也和他们走散了。人手众多而粮食已经所剩无几，他们需要更多的饭团来补充能量。有一天队伍在山间被鬼王的庞大近卫军包围了，桃太郎异常冷静勇敢地指挥大家打败了鬼王的军队，不幸的是小猴却被抓走了。鬼王放出话来要桃太郎三天后带着大伙到鬼岛自首，否则就会杀掉竹姬公主和小猴。

三天后桃太郎带着小猫小鸟来到鬼岛，在和鬼王谈判时桃太郎暗自计划引出小猴合体，不料被狡猾的鬼王发现，由于无法合体他们很快被鬼王军队围成一团。竹姬公主大声喊着："桃太郎，不要管我。"桃太郎在小猫和小鸟的帮助下逃了出来。

带着面具和小鬼们浴血奋战的桃太郎。双方相持不下，很长时间都未分出胜负。桃太郎发现小鬼们总是盯着自己的脸，于是对他们说："让我把面具摘掉。"接着便放下剑双手去摘面具，小鬼们趁机杀死了他。

天空像一张被烧焦了的巨大的面饼，中间豁出一个大洞，油渍和灰尘从中洒漏，泥沙俱下。云层厚重地坠在半空中，但天气依旧炎热。我走向饭店老板的车库里洗车，这些天都没怎么动过它，车子想必已经被饭店里飘出来的木炭和劣质烧烤烟尘熏得面目全非了。手机早晨起来没有开因此也不知道现在几点。他们晚上收摊迟，现在肯定还在睡着。我花费了大约半个钟头将车洗刷得一尘不染。在门缝里留下纸条说我明天过来开车。

我想写瓦蓝的天，风轻云淡日光倾城。可惜天气并不受人控制。回来沿梯子上到屋顶，身体的重量使脚下的木头干脆地崩裂，我真担心它会着起来。云翳变得愈发浓厚，臃肿而混沌，又似乎是苍亮的。很多东西在变幻着。低矮的爬山虎稀稀落落伸上对面的围墙，再往上可以看到楼层里的男人探出头来打电话，除此之外别无他物。视线尚未伸展便被楼层和巨大的广告牌遮挡，灰色的墙壁和天空，闭上眼睛就要分不清。有人正在将云层打散，传来时而沉闷时而脆亮的声响，真是愚蠢至极。河水还不见长，近日连续的高温恐怕蒸发了不少，水位又开始下降。也许过了明天我们会到乡下定居，和当地的居民一起参与劳动，收获五谷，将麦粒磨成堆起的面粉，多余的土豆埋入地下烂在土里，谁知道呢。

晚饭后一切收拾妥当，我躺在床上百无聊赖。内心某处变得十分奇特，那些东西无孔不入兴高采烈地来回穿梭着，有水流的声音潺潺作响。她进来得悄无声息。此前我们走了两个小时的路，沿河岸走到堤坝上那间废弃的小型观测站旁，又走了三条街道的距离然后在霓虹下分手。这期间隔壁花店的小儿子携同他那说话怪里怪气的厨子姐姐跟了我们整整一条街只为了推销他们手中种类繁多的钥匙扣和自己印刷的报纸。我盯着露出的双手装作没有看到她。电视里桃太郎正在变身，二代时可以变成不死鸟神，金太郎站在一旁哈哈大笑，他当着竹姬公主的面变出了白虎神，桃太郎脸上流露出不同一般的白痴表情。她问我："为什么克的绰号叫做'飞鸟'？""没听过，我不知道他有这个绰号。"过了一会她坐到床沿上，点燃了一根烟，用几乎恳求的语气对我说："把电视机关了行么？求你了，把电视关了。"由于背对着我，看不清表情，不确认她是否在哭泣。我便向她描述起搬到乡下后的生活，还说如果她愿意的话可以连那些书籍一起带去，我们会专门盖一间房子供她从田间归来后阅读。她默不作声地靠在床头，仿佛要特意摆出那个午后靠在橡树下的姿势。夹烟的手指在香烟燃尽时忽然猛地一抖，从床上跳将起来，像极了刚恢复知觉似的声嘶力竭地嚷嚷："你这个变态，你这个魔鬼！"然后以极快的速度冲出房门迈着轻巧的步子离开。

桃太郎再度出现在多露的黎明。为了找寻公主的下落流落到一个长满杂草的山洞内；疲倦至极于是昏睡过去；睡梦中他口渴难耐于是睁开眼便看到眼前的公主；喝掉公主带来的汽水于是桃太郎的身体迅速膨胀，变成了一头怪兽。天空的颜色由深变浅，好像谁放了一场火，留下清冷的烟灰被水流洗刷，越冲越淡，浓烈鲜亮的画面开始在其中呈现，不断变换又迅速消失。在这之前夜的味道尤其浓，堵得人喘不过气。你在一片炙热口舌干燥中醒来试图重新睡去未遂，找寻到冰凉玻璃杯中的凉开水饮尽。喝掉汽水真的会变怪兽么？此刻你拿起被她搁置在窗台上多日的书本，翻开来还在酣睡，安静又美好。你忽然想起，那是你们所能拥有的一年中最为迷人的黄昏。

次日清晨我推开门，屋外异常安静，夏天的早晨鸦雀无声。雨水开始降落，路面闪亮湿滑。我顺路往上走了一段，在一家没有见过的店门前停了下来。雨幕中一辆早班巴士缓缓开进在我身后摇晃着停靠。随着车门"哐当"一声打开，一群从车里涌出的人撑开伞，喧闹着在前方的雨中分散开来。

作者简介 FEIYANG

刘洋，笔名刘备，男，1989年9月生，陕西人。文学爱好者，电影爱好者，音乐爱好者，三流文艺青年。（第十届新概念作文大赛二等奖）

十年 ◎文/张希希

> 这只是一个爱情故事而已，
>
> 十年的爱情故事。
>
> 有些风吹过没有痕迹，有些花谢后留下颜色。
>
> 有些事是可以忘记的，有些人，却终于无能。
>
> ——题记

苏生

苏生。

昨晚我又梦见你，眼眉带笑，表情安静。然而我看不清你面容，五官模糊如水气氤氲。我想极力辨认，却终于无能为力。

苏生，我至为想念你。

那是暑假刚开始的第二日，下午。我去参加校外的辅导班。苏生那时站在门外等人。浅烟灰色的一套T恤和短裤，隐约暗黑色的条纹。高而且瘦，发根柔软。有清澈的目光及温和的表情，眉目清秀。阳光从高高的树影间打下来，洒满他全身，淡金色。

我的心漏跳了一拍。

那一年我十四岁。

苏生，我遇见你。

那个辅导班里苏生就坐在我的前座。惯用蓝黑色的墨水，钢笔。字迹方正，最喜把名字写在书脊上。带一本很旧的塑封笔记本，黑壳，上海两个烫金大字。他的侧脸很书生气。上课极专心，笔记亦再工整不过。他从未转身与我说话。只有我认识他，日日将那书脊上的名字默念。及至辅导班结束。

别离。

苏生，我以为这只是一场萍水相逢而已。我自问理性清醒，怎么会爱上陌生人。我以为我们就此分隔天涯，不再见。那么我一颗开始萌动的心，也可以安然下去。

十六岁那年升高中。

开学那天我站在分班名单前，有一阵眩晕。心头突然涌上一个名字，苏生。预感。苏生，果然我们同班。我未知悲喜。

走进教室第一个看见的人，便是苏生。站在黑板面前抄写名单，字迹依旧方正。海蓝色细格子衬衣，只一个背影。我的呼吸停止。我害怕这是一场宿命，跳不掉看不破；我害怕我还有长长的将来，就这样被束缚。

我更害怕，苏生，我爱你，而你不爱我。

我一直刻意地回避和控制自己，不与苏生接触，即使他是班长。然而在那一学期还没有结束的时候，苏生被调到我的后座。

苏生，我不能阻止这一场沦陷。因为，我早已沦陷。

我与苏生熟悉，他为我讲解题目，极耐心的神情。或者用去大量时间聊天。那些时候苏生并未像表面看去那么沉静。他亦爱笑,亦爱说。

那一日清晨我走到教室门口,苏生正拿了扫帚出来,走廊上只我们两人。我望向苏生,他亦正望我,目光有不似平日的欲语还休,更不若平日坦然招呼。我们只定定凝视对方,不出声。短短数秒躲开,掩饰着慌乱不安。

自那日起我和苏生之间便开始弥漫不明气息。课堂上课间里找任何一个机会眼神交换,说话语气亦逐渐暧昧。我偶尔任性,享受苏生纵容。岁月美好平静,再不过如此。

苏生,及至今日,我犹深深眷念那时光,连天气都分外清朗,光线明媚。苏生,我以为这样的日子就这样一直下去,没有尽头。

我爱上苏生。

其实这大概是很早之前的事。命运的转轮,早于十四岁那一年便开始转动,从此不休。我以为忘记的放弃的,其实只不过被自己隐忍,轻易触碰,便冰山坍塌。

苏生静,稳重,有着少年少见的沉默。苏生勤苦,聪颖,成绩优异到我自卑的地步。这些都成为我爱苏生的理由,符合我心中所有想要的一切。

我写下生平第一封情书,致苏生。洁白如雪的韩国信纸,有淡雅的手绘风景图案。我在上课前递给苏生,教室空无一人,所有同学都已去到实验室。苏生平静接过,放进书包,只说,快打铃了,我们赶紧过去。我跟在他身后,我们一起下到六楼。楼道狭窄阴暗,然而我心中开阔。只好似苏生,此事我与他心知肚明,你懂我懂而已。因为共享一个秘密而兴奋激动。信中只诉说前因,再无其他,但苏生一定明白。

苏生,我并未曾将爱你说出口,我只将那年的遇见,细细说给你听。

那一学期结束的时候,最后一门科目考试完毕,苏生陪我去商场。

是之前我央他去。路上遇见同班，女生表情隐秘。

很快传开消息，苏生同我两人。那时节男女界限本就清明，更何况，对方是苏生。平时都不怎么与女生说话的班长苏生，不是不值得传说。

那学期的成绩出来，苏生失掉他一直的第一。

是我所担心的，却不因担心而避免。我感觉到苏生的疏远，一点一点，逐渐侵蚀入骨，如我内心疼痛。

苏生，我一直不曾告诉你，我在商场为你买了一只玻璃瓶。瓶身有简单图案。我折无数许愿星，每颗星里面是一句我的诉说，对你。

那瓶早已满，五彩斑斓，真好看。

可是，我再没有机会，给你。

新学期没有多久，苏生便调离我的后座。

我偶尔还是会找苏生，请他为我讲解物理。然而，那些带着欢笑的聊天，不复。苏生为我讲解时，亦极少抬眼触碰我的目光。他一直垂头，单调地说着公式原理，闲话，再无一句。我们愈加生分。似乎回到最初，同学关系，再单纯不过。

苏生，其实从一开始，我们的关系里，就因为我的私心，没有简单过。

一年后，文理分班。

分班那日，我极早到学校去。最后多停留与苏生的教室一会儿，也是好的。刚进校门，就瞥见前方熟悉的身影，不远，高而且瘦的，柔软的短发在微风里轻轻拂起。苏生。

我们谁也没有说话，亦没有再多望对方一眼。苏生平时并不会来这般早，我亦不会。只要我们的心情是一样的，就可以了。

苏生，你是不是还记得那一日。

我不肯望向你，是因为害怕我的眼神里，泄露了太多悲伤。苏生，我只要你看见我的快乐和幸福。

我和苏生到简直无话的地步。就是见面，亦不招呼，各自转开脸去。我不知为何到如此境地，然而我无力改变。应是苏生先行如此。到高考时节，苏生家境清贫，读书是唯一出路。我不能耽误。

然而我放不下苏生。运动会上看见苏生，扭伤腿依旧上场，四百米。接近终点，脸抽挛，眼泪掉下来，滴答打在指尖。胸口狠狠的疼。

苏生，或许是我经意不经意流露的情感诱惑了你，是我罪愆。

苏生，那些日子我总是喜欢站在走廊的尽头，等待着你课间从楼道经过的身影。你那些有意无意间飘过来的眼神就足够我温暖。

苏生，你的回避我一直明白。苏生，用所有的心意去读书是你意愿。那么，就请你将曾经分过的心，拿回去。

苏生，我等待你拿到重点通知书。

苏生，上海那所著名的学府。虽然我明白苏生的愿望是北京。

然而我还是羞赧了。我在离苏生的城市不远的一所普通学校里，我看着我们之间的差距，忽然悲哀。

我去过信给苏生，辗转才得到的地址。没有回应。

我失掉所有勇气。在苏生面前我有巨大的自卑，低入尘埃。苏生如此优秀，离我千里。我只安慰自己，苏生一定是要读研，耐心等待便好。

苏生，我决意等你四年，用我最璀璨美好年华。

苏生，这四年我想尽办法得到你消息。苏生，你依旧坚忍勤苦，我如此心疼你。你对自己苛刻，生命中只有念书。

苏生，你会不会太累，我希望你亦可以有少时的放纵自己，不要如此辛苦。

苏生，你看我同学聚会一定出现，我只为见你，虽然从不言语。

四年结束的时候我终于去了上海。

是蓄谋已久的一趟路程。那天上海下着大雪，多年未见。漫天铺地，世界肃静安然。苏生的学校很美。我到他楼下，才发去短讯。

苏生站在我面前，什么事？声音依旧，表情淡然。

那一刹我终于明白，苏生，把我放下了。苏生的眼神，不同从前。

没什么事。我对他微笑。苏生，别来无恙。

只一面，离开。我站在学校门口努力张望，我想狠狠记住，这是苏生生活学习四年的地方。我想我永远都不会忘记它的模样。

苏生，你可曾记得，这是我遇见你的第十个年头。

亦是爱你十年。苏生，人有多少十年可以挥霍，可以在无穷的寂静里等待一个人。没有承诺，没有誓言。

苏生，我一直背负着对你的感情往前走，它如此深重，压得我无法呼吸。我放不下它。虽然你将我放下，但是我还是无法放弃。

苏生，你真的如此果断坚决地把我放下了。你收起那颗曾经被我分去的心，就再也不拿出来。

苏生，或许你真的只是一时动心而已。

可是，苏生，只要你不忘记我便好。

请记得我的存在。和我们的那些过去。

感谢命运，使我遇到苏生。

苏生，我亦感激你的出现，满足了我心中所有对少年的幻想，真高兴你在。

苏生，你存在过，我就是幸福的。这不是一场幻觉，即使过去已经过去，我还是会因为那些曾经，而温暖一生。

苏生，如果有来生，我还是想遇见你。

有多久没见你，
以为你在哪里。
原来就住在我心里，
陪伴着我的呼吸。

眉喜

眉喜，这是这几年来，我如此近地靠近你。

眉喜那一日来时只一件天青色呢子短大衣，艳桃色伞面撒满浅粉樱花。眉喜的脸，一如从前的素净，雪地映出煞白，没有血色，没有笑颜。

眉喜。

我心中隐忍。努力许久才可以平稳情绪。我只问她，什么事？竭力装出平淡的语气，若无其事。我看见眉喜的眼神一下子黯淡下去。

眉喜，对不起。

我情愿你一时伤心，过去就好。

眉喜，请忘记我，我不能给你幸福。

我不想拖累你，眉喜。

至今我仍记得再清楚不过。入学第一日，定制校服。我站在讲台前按花名册点名，大家轮流上来黑板前量身高。眉喜笑吟吟跑上来，素白的一条连衣裙，布满清淡碎花，小朵小朵。胸前垂下两束发辫，被豆绿色牛筋绑得温顺整齐。眉喜天生笑模样，眉如月眼如星，一双眸子清澈如小鹿。

眉喜，那瞬间我心念一动，有似曾相识的熟悉。

眉喜，我遇见你。

我被调到眉喜后座，那是一个阳光晴好的午后，再美不过。眉喜常问我题目，或者只是聊天。眉喜天性纯良，常肯为人着想。又极乐观，喜欢笑。我亦喜极她笑颜，具有深切感染力量，令我沉醉于中。

眉喜，你可知道，那是我最幸福时光。

亦是我不再有的轻松欣慰。

你怎么还在穿这身衣服？很喜欢的缘故吗？眉喜突然问我。

那一日我穿一套浅烟灰 T 恤及短裤，隐约暗黑色的条纹。是穿了有几年了吧。

但是，为什么？

为什么眉喜用到"还"这个字？

我满腹疑惑，望定眉喜。

没，没什么。

但我分明看见眉喜眼底掠过的一抹慌乱。

眉喜，那时我便有所疑。

眉喜，你眼神里那些隐约的情愫，其实我早已明白。

我喜欢眉喜。

这是我无法控制亦无法否认的事实。我喜她听我讲解题目时的专注认真，喜她说话时的巧笑倩兮，喜她望着我的欲语还休。

眉喜那日将一封信交与我，极漂亮的封壳。

我望见眉喜躲闪我目光的满脸羞赧。我亦觉面颊烫热，故作镇静，说，快打铃了，我们赶紧过去。

眉喜乖觉，温顺跟在我身后，一路无语。微风穿过楼道，温存轻柔，亦如我的心意。

眉喜的字极娟秀，她在信里与我说，十四岁那年的辅导班。我如醍醐灌顶，记忆模糊，然而还是有那个后座女子的身影，彼时，还只是短发，利落干净。

眉喜，我内心温暖不过，原来你爱我，那么早。

原来我们，早已遇见。

眉喜，我极感激你。

彼此相爱，世界亦简单明朗，甜美若此。

那一学期的考试成绩下来，母亲什么话也没有说。

但是我分明看到她表情里的失意。父母早已下岗，却极力保障我生活安好，我是家中唯一希望。

我想我的确是为着眉喜，而分心了。

眉喜，我决定疏远你。我们的感情太早，所以不合时宜。也许我们可以等到合适的时候。

眉喜，我们需要足够的耐心。

虽然因为眉喜隐忍的失落而心痛，但是我不能心软。否则，便是功亏一篑。

但是在经过楼道的时候还是忍不住要望向眉喜，她总站在走廊的尽头，表情安静。在那些擦肩而过的瞬间，我努力克制，不敢触碰眉喜的神情，怕泄露内心隐密。

眉喜，对不起。我现在有更重要的事情完成。

眉喜，你会等待我吗？

接到录取通知书的时候父亲出了严重的车祸。

不异于晴天霹雳。原本拮据的家庭益发捉襟见肘。学费依赖贷款，生活费用则依靠自己勤工俭学筹措，依旧艰难。

父亲被断定永久不能离开轮椅。结果出来的时候，母亲满脸是泪，用力捉住我的手，往后我们只能倚靠你。

我意识到我的责任，从未如此沉重。而这个时候，现实面貌也开始在我面前展开，工作难觅，报酬低廉。生活不是我们在校园里不谙世事所想象的那个样子。

眉喜，我有巨大压力，不能说出。

只能隐忍，狠狠在学业里，倾注我所有心力。

眉喜有信来。

依旧娟秀的字迹。好看的信笺，有清新的背景画面。

我没有回复。眉喜。我开始怀疑起自己的能力，我怀疑我能否给你幸福。

眉喜家境优越，生活无忧富足。但是我能否给她同样的东西，我信心全无。

眉喜，我初次意识到我们之间的距离。你站在明媚的地方，我不能如此自私，将你拉进我阴暗的角落。

眉喜，你从未经历过。为交一份资料费而苦恼，为打一顿红烧肉而踌躇。更何况现在，还有一个衣食住行离不开我照料的父亲。

眉喜，你不会明白。

同学聚会每一次还是忍不住去，虽然只能远远地看着眉喜。

不能交谈，因为害怕泄露真心，只能选择闪避。

眉喜出落成漂亮的女子，依旧眉如月眼如星，眸光清澈见底。

亦依旧只是一个人，形单影只，面对感情问题笑而不答。眉喜，我看着这样的你，我不能不心疼。

眉喜，你应该有更好的生活。

大学时代结束的时候，工作问题益发严峻。

我意识到自己的渺小，生活远远比想象现实千万倍。虽然我自以为有所准备，还是措手不及。

这日眉喜的短讯来，我在你楼下，此刻。

再也不能控制的情绪。眉喜，你终于还是来了吗？眉喜，为什么不放弃？

我以为我一直以来躲避着你，你就可以死心，可以离去，可以开始你应有的生活。

但是为什么你还在这里，眉喜。

眉喜，请不要再为我辜负你的时光。

眉喜，我知道这是第十年。眉喜，你已给我十载岁月，不能再多。

我的世界，是你所不曾认识和了解的。它灰，它黑，它有太多的苦难。而我，不肯要你承担。

眉喜，我悔未能早与你作个断结，以致你耽误益多。眉喜，你应该美好，不要进入我的泥淖。

眉喜，我爱你。

所以，不要你承担我的苦难。

让我一个人来就好。

眉喜，我要给你一个结局。

无情也好，决绝也罢。

眉喜，我只是要你幸福而已。

有多远的距离，

因为闻不到你气息。

谁知你背影这么长，

回头就看到你。

作者简介 FEIYANG

　　张希希，非典型的摩羯女。喜欢读书，喜欢绘画。相信在成长的过程里，任何璀璨都只是一笔带过。喜欢清澈的电影，希望可以分享的文字。喜静，亦喜动。（第八届新概念作文大赛二等奖，第十届新概念作文大赛二等奖）

十一月分开旅行 ◎文/曹兮

　　十一月，一个满是颓废的季节，对于学文的颜薄来讲，多多少少的会有无病呻吟的冲动。

　　今年的十一月也会是一样。

　　她知道自己也老大不小了，但却无法抑制在这个独特的季节里由无奈产生的冲动。宿舍的女生们每到这个季节一个个打扮得活像校外站街的女人，浓妆艳抹的，偶尔还能喷上从别的寝室里借来的所谓的从法国进口的香水。颜薄讨厌香水，一是因为她对香水过敏，二是因为那种东西不过是对丑陋的掩饰。

　　十一月的第一个星期日，颜薄一大早就离开宿舍躲进图书馆上网，她静静地想着宿舍里的她们一脸无上荣耀的表情，食指略有些颤抖地按下，接着，浓厚的香味瞬间在狭小的屋子里传播开来……她不记得从哪里听说的，法国人之所以喷香水是因为他们不经常洗澡。

　　想到此，颜薄都会坏笑一次。

　　傍晚，颜薄才回宿舍。进屋前，她深呼一口气，快速地推开门，冲到窗户前，以迅雷不及掩耳之势打开窗户，然后大口大口地呼吸。

　　"简直就是谋杀！"

　　缓气期间，她重复这样一句话。

　　当颜薄庆幸自己没被香味熏死时，她又开始厌恶这样的自己，她不知道自己为什么不阻止这种无意间的谋杀。其实，也不是没说过，只不过被她们当作玩笑……都这个年龄了，谁还不喷点香水呢？

香味散尽后，屋里只剩下冷空气和残阳，还有发愣的颜薄。

她看着楼下结伴而行的那些女生，窃窃私语，笑不露齿，和在宿舍里大大咧咧的样子截然相反，感觉就像是秋天里发情的母狗，一反常态，不再恶狠狠地防着其他的公狗，而是静悄悄的，炫耀身上的毛色和费洛蒙的味道。

颜薄喜欢这样的想法，虽然不好听，但至少把人归为了动物，是自然的一部分。"即使是高级动物又怎么样呢？不还是动物吗？"她常常在十一月以批判人类的方式自嘲，"这个世界里只有人会蠢到把自己孤立成为高级动物。"这句话是她挂在嘴边的名言。

一会儿，颜薄晃了晃脑袋，拍拍脸，恢复正常……

颜薄给自己这种无聊的状态定义为"深秋抑郁症"，她知道，再不解决现状，瞎想就会像癌细胞一样占领她的脑瓜。

"颜薄，你看见我那瓶卸妆水了吗？""宿花"大姐满脸哀怨地推开门，颜薄一看就明白她是幽会失败了，每年都是这样，似乎注定了，"宿花"大姐是要在这个季节失恋的。

没等颜薄回答，她就径直走到自己的床铺，死猪般扑倒，也不卸妆也不言语。

"第五次了吧……"颜薄边翻书边数着"宿花"大姐的"恋爱史"。

"损人的家伙。"

和有人比起来，颜薄还是喜欢空荡荡的屋子，虽然寂寞，至少能够证明自己是因为没有人在才寂寞的。

忽然间，她羡慕起高中的自己，可以无缘无故地寂寞，没有悲伤，没有痛苦。她把那时的自己称为疯子。

回忆像秋天的落叶，无时无刻无处不在，却又往往被忽视掉，因为知道它不会再让自己回到从前。颜薄并不在意，她仅当那些没了模样的是自己看过的电影，一场一场的。

对于回忆，她觉得，少了些什么……

风拂过她手中的小说，一张张爬满方块字的纸快速地左右摇摆，像是躲猫猫的小孩在庆贺自己没有被找到一样。

她没有再深想，她知道那不属于自己，也不该是自己的。

"当自己曾拥有的将不再拥有，唯一要做的就是让自己不要忘记，如果到最后记都记不住，那就当从未有过……"颜薄习惯用这句话来概括自己的从前，她不常回忆的，偶尔会想想因为车祸和自己永别的父母跟一个叫作吴卿的男生。

父母没什么好想的，因为颜薄的父母都讨厌她是个女孩，连起的名字都带着深深怨，颜薄，红颜命薄。

但她很喜欢吴卿，她当他是另一个自己。

"老婆，接电话！"刺耳的铃声把她带回现实。现实就是颜薄已经结了婚，和一个才见过几面的上班族。

"羡慕死你了，你老公天天打电话。"她听着宿花大姐的话里带气，颜薄笑了笑，推开门，找了个隐蔽的地方接了电话。

颜薄和他是在前两年的毕业典礼上见的第一面，那时候她才大二，他刚巧毕业。

她记得，那是个烈日当空的下午。颜薄引以为傲的头发在阳光下如金发般耀眼。

无意间的停留与擦肩而过，他在她身旁附着耳朵说了句："像阳光一样。"

她明白她会喜欢上这个人，因为他的微笑和自己的很像。

他说完后，便又笑着离开，害她产生了错觉，觉得自己又回到了高中时代……曾经，吴卿在高中的时候也说过同样的话。

今年的暑假他们结的婚，明年她就该毕业了，通话的时候她突然想起这是最后一个属于自己的秋天。

"那个……寒假我想去旅行……"对方刚要说话，颜薄又补了一句，"我自己一个人去。"

"记得早些回来。"话语里带着轻笑，她知道他是同意了，她舒口气，还没缓过劲，突然又来了条短信。

"别被人拐走了……"

颜薄震了一下，迅速地合上手机，她不想这趟旅行的目的这么快地暴露，她想见吴卿一面，最后一次。

A城，在颜薄尘封的记忆里被定义为吴卿的城市。

颜薄游荡在大街上，行李箱划过柏油马路的刺耳声让她以为自己是在梦游，她停下脚步，大口大口地呼吸她所熟悉的空气，想让大量的潮气浸湿那段枯萎了的记忆，她渐渐清醒，自己是到了A城。

人来人往，车走车停，"一切都没变……"蹲坐在公共汽车站牌下的颜薄满意地点点头，这里的一切都留有他的残影。

突然看见人群里熟悉的面孔，不曾熟知的记忆瞬间在脑海里快速地闪过……接着，川流不息的人群，淹没了那张脸。

她明白该去哪里找他，她也知道只有酒吧那种地方最适合他，因为他喜欢夜，喜欢城市里花花绿绿的灯火。

透过玻璃窗，她看到令人遐想的灯光，柔和地打在吴卿的身上，浮起了一层光晕，俊俏的脸庞带着她所熟知的笑容，也是和自己一样的笑容，颜薄笑着朝他挥挥手，吴卿惊讶地愣了一下，随即放下手中的杯子走了出来，他推开门的瞬间，她看见了他左手的无名指上带着的戒指。

"我来看看你。"抢在吴卿之前，她开了口，她是不习惯熟人间见面什么都不说的，其实，真的没什么好说的，她也真的只想看看他。

他挠了挠头，觉得这一切像是梦一样，"呵呵，你那么想让我记住你呀！"

但颜薄知道，他迟早会忘记。随着时间的冲洗，自己便会慢慢淡在他的记忆里，一层一层的，直至变作空白……而当多年以后，彼此再次相见时，他会怎么想都想不起关于她的种种，在脑海里的，只是片可怕的空白，而她自己呢，却可以面作坦然，对着他嫣然一笑，像是嘲笑般的语气说着："哟，故人相逢……"

当然，这些不过是见面后对未来的遐想，她就是这样，总是将以后的事都想好。

只是这一次就只能是遐想了。

"请客，我要吃米线。"颜薄将笨重的行李箱递了过去。

"是去东街的还是西街的？"

"东街。"

两个寂寞的身影，渐渐消失在街口的拐角处。

她要的这场旅行，正在进行中……

她对面前的东西不是很有食欲，虽然很喜欢，但不知为什么，却咽不下口。

"不喜欢了？"吴卿坐在她身旁掰开一次性木筷，大口大口地将粘满红油的米线送进口中。"对了，当初，你怎么那么喜欢米线，天天吃都不腻。"

她听着他的啰嗦，掰开手中的筷子，一点一点地将自己喜爱的东西送进嘴里，咀嚼着，她感叹如今的味道居然还和多年前一样……

从前，颜薄喜欢吃巧克力冰淇淋，那时吃一杯那样的冰淇淋是一种奢侈的行为，现在，她可以用自己赚来的稿费买上一桶的冰淇淋；曾几何时，她如此依恋比自己大很多岁的地理老师，现在，她可以将这种依恋完完全全地放在自己老公身上了……

可不论再怎么样回味，再怎么想要当初的调调，却从未回到从前，因为时间从来就不能回到从前，就像他们的爱情。

颜薄沉默地吃着，就像是在吃掉曾经。

"你怎么喜欢吃米线呢？" 同样的场景,同样的人,吃着同样的米线,问着同样的话……记忆最后一次播放他们在米线馆里对话的情景，

"一碗米线的爱情。"

"你编的？"

"不，地老说的。"

"就那个非主流大姐？" 略带些稚气的脸旁沾上了油星。

"说啥呢你。" 她将筷子一搁，不高兴地噘起嘴，"我受伤了！"

"死，你个恋母癖！" 他又大口大口地吃着碗里残存的米线。

"你管我。" 白皙的双手叉到了腰上……

瞬间，停止……

回忆的屏幕上黑色的 "The End" 宣告着这段记忆的永不可重复。

旅行像是蒙太奇，减来减去，却少不了回忆。

吃完饭，他带着她来到了附近的公园，高中的时候，他们经常到这里荡秋千。

公园里的秋千很矮，是专门为小孩设计的，但她仍喜欢蜷腿勉勉强强地坐在秋千上，她之所以想要荡，主要在荡起那一霎那，会有飞翔的快感，就为了那一瞬间，她可以逃一天的课。

"怎么都不太说话。" 年头长了，铁链摩擦着发出吱吱呀呀的声响，"不会真的就只是来看看我吧？！"

他点了支烟，开始吞云吐雾。

她不知道该怎么说，老觉得对于远方的某个人来讲这叫做越轨。公园里的光不很安静，但却正巧照到了颜薄脚前的一片空地上，像是习惯性的，她停下摇晃，伸出双手，将拇指交叉，让其余的四指舞动，一个有着两只头的鸟便在地上摆动着翅膀。

　　"真笨，大拇指应该重叠才像一只鸟。"他仍继续着吞云吐雾，还一边给她做示范。可她很快就撤回了手，伸直了腿前后摇晃。

　　"吴卿，你听没听过比翼鸟呀……"

　　"什么？"吴卿反倒陶醉到手影的乐趣里，手势不停地变着。

　　"它只有一只翅膀，要飞的时候，必须一雌一雄同时飞才可以，缺了一只，就不能再飞了……"

　　良久，他都没有说话。

　　"这问题真简单，再找另一个不就能飞了？"

　　"你怎么不去死呢！"

　　其实，她只是想让他明白，她和他曾有过爱，就像比翼鸟一起飞一样，可他却不懂。

　　颜薄觉得这样就够了，强迫他回忆起那些老了的旧了的、酸都要酸掉牙的事情简直和香水谋杀没什么区别。

　　只一夜的旅行，她已觉得满足，她得到了她想要，即使什么都没有，至少她知道他看似忘记了他们之间有过爱……

　　吴卿不是不明白，只不过，他看见了她无名指上的戒指，牢牢地嵌在那里，仿佛一个男人强硬地看住了她的心。

　　他很爱她，即使在她上大学前他跟她讲了分手，他不知道为什么要说，但他隐隐约约觉得她不是属于自己的，哪怕他当她是另一个自己。

　　就像是比翼鸟，都觉得彼此就是自己，互不分离。

　　可比翼鸟不是童话里的雨燕，它是要停的，是要分开的，就像现在的他们。

　　现在，他们用嬉笑来掩盖心中的伤痛，仅当这是场故人相逢……

　　欢笑过后，她起身拍了拍裙子，撩开飘到眼前的发丝，悄悄地说："我要离开，送我去地铁站吧。"

　　吴卿掐了烟，点了点头。

　　悲伤在延伸，就像他们的背影，长长地像要盖满整个人行道。

"不再留了？我还想给你买盒冰淇淋呢。"

"不了，以后再说吧。"第一个谎，她觉得说得是如此的轻松不带有压力，她觉得自己应该要说三个谎，这样，今天的一切就会成了真理。

"结婚了？"快到地铁站，他问了一句，颜薄感到了困难，她有些张不开嘴，只是盖住了右手，摇摇脑袋。吴卿又点了支烟，他也知道，这是个谎。"哎呀，到了。"话说着，就已到了地铁的入口，秋风开始作怪，在两人的心上狠狠地踹了一脚，很疼很疼，他们彼此都感应到了。

"我……走了……"她拽过他手中的行李箱，想要离开，他笑了笑，仍是那一贯的迷死人不偿命的笑容，此时此刻，她却恨这个笑容，"我会再来看你的。"第三个谎，她转过身闭上眼，泪水差点就流了出来。

"喂喂，别说得像是给谁上香似的。"吴卿不自主地抓住她的手臂，他都不知道自己为何不放她走，即使他不停地告诉自己不能留的就别再留，可他明白这已经是最后一次见到她，她不再属于自己，"下次再来，我请你吃哈根达斯。"

"有病！贵得要死。"颜薄勉强地笑了，但她没有转过身，她不想让他看见自己在流泪。"我走了。"

"再见。"

没有回首，没有拥抱，没有热吻，恍若一场还会遇见的离别，平静而自然，却又隐隐的带着一丝丝的不安和不舍，没有谁能体会到，他们只以为这种痛苦只有自己知道。

每个人都有最爱的人，而那个你最爱的人却往往不能陪你走到最后。

他们一直都这样以为的。

地铁上，颜薄突然摸到了外衣挎包里有东西，她知道是他的，掏出来才知道不过是用了一半的龙舌兰味道的纸手帕。

她又笑了，笑的妩媚而心酸，她不想忘记。

地铁快速的，无声息的，带她来到了城市另一端，她的家就在这里。

推开门，她看见了那人脸上的泪痕，和桌子上绽放着的玫瑰。

闪过他身边，颜薄闻见一股特殊的香水味，恍恍惚惚，她又知道了些什么……

"发什么愣呢，小白痴。"

"我累了……"她一下扑进他怀里，将龙舌兰的气味蹭到他身上。

"你身上怎么有龙舌兰的味道？"

她慌忙抬起头，轻轻地对上那张还没闭着的嘴，"你闻错了，那是玫瑰的香味……"

转身进屋的时候，她瞥了一眼玫瑰和桌子上的半包纸手帕。

"你喜欢分开旅行吗？"快要睡着了，他对她说。

"喜欢……"

第四个谎，颜薄觉得很没有必要，因为他们都不喜欢这样的旅行。

十一月，早已过去，现在是一月。

作者简介
FEIYANG

　　曹兮，笔名朝夕，网名 Asher，1991 年 6 月生于江苏徐州市，双子座。梦想的生活方式是：在舒服的床上睡觉，睡醒后写点梦里的东西，接着再睡，直到写不出东西。最喜欢的一句话：一个人哭喊，你给纸巾他就行；但如果一间屋的人哭喊，你就要做很多事情。（第十届新概念作文大赛一等奖）